KB114070

양경 新무협 판타지 소설
FANTASTIC ORIENTAL HEROES

악공무림 6

양경 新무협 판타지 소설

초판 1쇄 찍은 날 § 2014년 7월 18일
초판 1쇄 펴낸 날 § 2014년 7월 25일

지은이 § 양경
펴낸이 § 서경석

편집부장 § 권태완
편집책임 § 박은정
디자인 § 이거일

펴낸곳 § 도서출판 청어람
등록번호 § 제387-1999-000006호
등록일자 § 1999. 5. 31
어람번호 § 제2-2518호

주소 § 경기도 부천시 원미구 부일로 483번길 40 서경B/D 3F (우) 420-822
전화 § 032-656-4452 팩스 § 032-656-4453
http://www.chungeoram.com
E-mail § chungeorambook@daum.net

ⓒ 양경, 2014

ISBN 979-11-316-9127-4 04810
ISBN 978-89-251-3723-0 (세트)

ANTASTIC ORIENTAL HEROES

악공무림

樂工
武林

6

양경 新무협 판타지 소설

도서출판 청어람

제1장	락(樂)	7
제2장	무림맹 개편(改編)	33
제3장	육현(六絃)이 끊어지면	77
제4장	물길을 타다	113
제5장	무림맹 입성(入城)	141
제6장	재회(再會)	167
제7장	바둑	201
제8장	암투(暗鬪)	235
제9장	결전(決戰)의 날	265
제10장	독설(毒舌)	297

1장
락(樂)

분노를 알았고, 슬픔을 알았다. 그리고 이제 송현은 광릉산의 음보 속에 숨겨진 즐거움을 알았다.

즐거움이란 달리 있는 것이 아니었다.

처음부터 송현이 좋아했던 것.

음악.

그것을 즐기는 것.

즐거움은 그것이다.

이상한 일이다.

처음부터 송현은 음악을 즐겼다. 광릉산보를 얻기 전에도 그랬고, 그 후에도 그랬다.

그럼에도 정작 깨달음은 이제야 찾아왔다.

왜 그럴까.

송현은 그 이유를 어렴풋이 짐작하고 있었다.

의무감 때문이다.

광릉산보를 가지면서부터 의무감이 자연스럽게 따라왔다. 광릉산보의 끝을 봐야만 한다는 의무감으로부터 시작된 것은 점점 더 개수와 무게를 더했다.

하지만 이초를 떠나보낸 지금.

송현에겐 어떠한 의무감도 남아 있지 않았다.

무림이란 세상에 얽매이지 않아도 되고, 음악의 끝을 볼 필요도 없다. 광릉산보의 끝을 보는 데 집착할 이유 또한 마찬가지다.

그러니 그냥 즐길 뿐이다.

어쩌면 이렇게 송현이 음악을 음악 자체로 즐길 수 있는 이유 중 하나는 상실감 때문인지도 몰랐다.

이초는 죽고, 남은 유서린마저 무림맹으로 떠났다.

홀로 남겨진 송현이 마음속에 생겨 버린 큰 구멍을 메꾸기 위해 음악을 연주하는 일에 심취한 것인지 말이다.

어찌 됐든 송현은 이제 음악 속에서 즐거움을 알았다.

그 즐거움에 취해 연주했다.

밤이고 낮이고 가리지 않는다.

의식이 있을 때면 언제나 악기를 찾았고, 마음이 동하는 한 언제까지고 음악을 연주했다.

그렇게 며칠이나 흘렀는지 모를 정도다.

해가 뜨고 지기를 반복했지만, 그것을 헤아리지도 헤아릴 생각조차 하지 않았으니까.

그리고 어느 순간.

팅!

거문고의 현이 끊어져 버렸다.

한참 자신의 연주에 심취해 있던 송현은 아쉬운듯 눈을 떴다.

"산을 내려가 봐야겠구나."

벌써 몇 번이나 현을 끊어 먹었다.

교방의 악사라는 직위를 받은 이후부터는 좀처럼 끊어 먹은 적이 없던 현을 벌써 몇 번이나 끊어 먹었다.

더욱이 그 주기가 점점 더 짧아지고 있었다.

"이상한 버릇이 들었어."

송현은 피식 웃어버렸다.

선유후부가설화(仙遊朽斧柯說話). 신선놀음에 도끼자루 썩는 줄 모른다는 말이다.

즐거움을 새삼 깨달은 송현이 그랬다.

연주하는 즐거움에 빠져 현이 닳고 거문고가 상하는 것도 신경 쓸 겨를이 없었다.

꼬르륵.

배에서 천둥소리가 난다.

"그러고 보니 벌써 며칠째 아무것도 안 먹었네?"

피식 웃은 송현은 자신이 얼마간 아무것도 먹지 않았다는 것을 기억해 냈다.

이상한 일이다.

물 한 모금 먹지 않았는데 몸에 힘이 넘친다.

송현은 자리에서 일어났다.

"이왕 내려간 김에 상아랑 식사라도 할까?"

끊어진 현을 새로 갈고 앞으로를 위해 여분의 현도 사야 한다. 이왕 며칠 굶은 김에 상아와 함께 맛있는 식사라도 한 끼 하는 것도 나쁘진 않을 것만 같다.

마음이 동했으니 망설일 이유도 없다.

덜컥!

송현은 방문을 열고 나섰다.

화악!

열린 방문을 통해 가득 들어오는 바람이 얼굴을 감쌌다.

오랫동안 방 안에서 금음(琴音)만 탐하였으니 볕을 보는 것조차 낯설다.

눈 안으로 들어오는 강한 볕에 본능적으로 두 눈을 질끈 감았던 송현이 다시금 눈을 떴다.

"아!"

송현의 입에서 짧은 감탄이 흘러나왔다.

며칠 만에 나선 문 밖의 세상은 너무나 달라져 있었다.

*   *   *

폭풍의 전야처럼.

무림맹은 정적 속에 짓눌려 있었다.

적막 속에 갇힌 맹주전의 화원은 평소와 같은 모습이었다.

꽃은 언제나처럼 만발했다. 화단 사이로 난 골을 흘러서 호수로 향하는 물은 전과 같이 맑았다.

하지만.

활짝 핀 꽃에는 어떠한 생기도, 향기도 전해지지 않는다. 매일같이 모여들던 벌과 나비도 더는 찾지 않았다. 골 사이를 지나는 물의 흘러가는 소리조차도 더는 정겹지가 않다.

그 속에 맹주가 있었다.

무림맹주 유건극은 잿빛으로 잠식해 버린 맹주전의 중앙에 자리하고 있었다.

조용히 차를 마신다.

그러나 그 차마저도 향을 잃었다.

마치 기교만 있는 화공이 그려 놓은 그림과 같이 본질은 사라져 버린 풍경이었다.

우뚝.

생기를 잃은 그림 속에 머물러 있던 맹주의 손이 멈췄다.

"왔구나."

나직히 흘러나오는 목소리와 함께 고개를 돌린다.

맹주의 시선이 향한 곳.

"다녀…… 왔습니다."

그곳에 유서린이 있었다.

씨익.

맹주는 그런 유서린의 모습에 온화한 미소를 지으며 그녀를
반겼다.

"다행히 제때 와주었구나. 호무대로 복귀하려무나. 곧 일이
시작될 터이니, 각별히 안전에 유의해야 할 것이야."

그리고 고개를 돌린다.

잠시 멈추었던 손은 다시 찻잔으로 향했다.

하지만.

"죽조도인을 만났어요."

멈칫.

찻잔을 향해 나아가던 손길은 유서린의 그 한마디에 다시
멈추어야 했다.

"그가…… 무어라 하더냐?"

"정체불명의 무사대가 자신을 노리고 있다고 하더군요."

"그리고?"

맹주의 시선이 유서린을 향했다.

깊고 차분히 잠겨져 있는 맹주의 시선에서는 아무런 감정의
편린도 보이지 않았다.

"그는 자신을 노리고 있는 무사대가 무림맹 소속이라 생각
하고 있어요. 보았대요. 악양을 떠나는 물길을 지나는 당신
을!"

맹주를 마주 바라보는 유서린의 두 눈에 한기가 어렸다.

"그리고 그는 이 대인을 살해한 범인으로 당신을 지목했

어요."

"…후훗!"

유건극은 자신을 바라보는 딸의 시선에 쓴웃음을 지었다.

"무엇을 걱정하는 것이냐?"

"알고 계시지 않나요?"

"네 아비가 정말 이 형을 살해했을 것이라 믿는 게냐?"

"아닌가요?"

유서린이 묻는다.

그 물음에는 깊은 간절함이 묻어 있었다.

맹주는 그저 평소와 같은 웃음을 지을 뿐이다.

"아니다."

"아!"

짧은 대답.

그 짧은 대답에 유서린의 입에서 안도 섞인 한숨이 나왔다.

내내 그녀를 괴롭혔던 불안감이 한꺼풀 벗겨진 기분이었다.

그런 그녀를 향해 맹주는 말했다.

"내가 악양에 들러 이 형을 만났다는 것은 공공연한 비밀이다. 당장 침목명의만 하더라도 나의 방문을 알고 있을게야. 직접 대면하였으니 모를 리가 있나!"

맹주가 이초를 방문했을 때.

그 자리에는 이미 이초를 치료하러 들린 위가헌이 있었다.

서로 마주 보며 인사까지 한 사이니 그것은 굳이 숨길 이유가 없다.

그것은 유서린도 알고 있었다.

무림맹의 맹주가 사사로이 자리를 벗어나 움직였다는 것은 남들 입에 오르내리기 좋은 이야기는 아니다. 그래서 침목명의도 소수의 몇몇을 제외하고는 그 사실을 밝히지 않았었다.

그 소수 중 한 사람이 유서린이다.

"내가 이 형을 방문했음을 숨기려 했다면 왜 침목명의를 노리지 않았겠느냐."

"그럼 질문을 바꾸죠. 죽조도인을 노린 무사대는 무림맹 소속인가요?"

"그렇다. 나의 명을 받고 죽조도인을 추격했었지. 아쉽게도 눈앞에서 놓치고 돌아올 수밖에 없었지만."

"왜죠?"

"절강에서의 일. 기억나지 않느냐? 도지휘사가 수적과 내통하여 화포를 팔아넘겼다. 그 화포는 수적을 통해 왜구의 손으로 들어갔지."

"그것이 죽조도인과 무슨 연관이죠?"

"연관이 있다. 도지휘사가 내통한 수적채의 뒤에는 죽조도인이 있었으니까."

맹주의 대답.

유서린은 눈을 크게 떴다.

"죽조도인이요? 그럴 리가요. 그는!"

"그는 정파의 고인이었지. 강을 벗 삼아 살아가는 의인이었다. 과거 우리 무림맹이 사마세력에 맞서 일어섰을 때도 음으로 양으로 많은 도움을 주었던 위인이었다.”

한 문파에 묶인 데 없이 강호에 묻혀 유유자적하는 사람이다. 하지만 그는 기본적으로 정파의 노선에 있는 사람이다. 그가 무림맹의 행사에 수많은 도움을 주었던 것만 보아도 알 수 있는 일이었다.

“서린아.”

“……”

“과거 그는 분명 정의를 아는 위인이었다. 하나, 지금은 아니다. 그는 개인의 영달에 눈이 멀어 왜국에 본국의 화포를 팔았다. 또한, 본맹이 사마세력을 척결하는 사이 노획한 벽력진천뢰의 제조법을 이용해 벽력진천뢰를 만들어 넘기기도 했지. 아니, 어쩌면 처음부터 기회만 엿보던 위정자였을지도 모를 일이다.”

“그렇… 군요.”

유서린이 고개를 끄덕였다.

맹주의 말은 틀린 데가 없다.

아니, 적어도 지금 유서린은 맹주의 말이 진실이라 믿고 싶었다.

“그래서 죽조도인은? 어디 있느냐?”

이번엔 맹주가 물었다.

“그는…….”

유서린은 그런 맹주의 물음에 잠시 대답을 망설였다.

＊　　　＊　　　＊

후— 웅.

바람이 스쳐 지나가니, 몸이 울린다.

다루 밖 대로를 지나는 인파의 복작거림이 옆구리를 콕콕 찌른다.

"흐음?"

송현은 끊어진 거문고의 현을 새로 잇고 여분의 현도 구하기 위해 나선 길이다. 그렇게 나선 참에 상아와 함께 맛있는 식사도 했고, 좋은 찻집에서 향기로운 차와 달달한 다과도 즐기던 차다.

열심히 다과를 삼키던 상아가 문득 송현을 보고 고개를 갸웃거렸다.

"왜? 맛이 없어?"

그런 상아의 모습에 송현이 웃으며 물었다.

상아는 고개를 절래 저었다.

"그러면?"

"아저씨 이상해요."

"응? 뭐가?"

송현의 물음에 상아는 또 고개를 젓는다.

"모르겠어요. 그냥 이상해요."

"그래?"

그런 상아의 대답에 송현은 작게 미소를 지었다.

"상아야?"

"왜요? 아저씨?"

"아저씨가 거문고 연주해 줄까?"

"우와! 정말요?"

송현의 물음에 상아의 얼굴에 화색이 돌았다.

기대감으로 반짝이는 두 눈으로 송현을 빤히 바라보았다.

송현은 고개를 끄덕였다.

"물론이지."

"해주세요!"

송현의 대답이 끝나기 무섭게 상아가 고개를 크게 끄덕였다.

그리고는 턱 하니 팔짱을 꼬고는 턱을 치켜들었다.

"그럼 그동안 아저씨 연주 실력이 얼마나 늘었는지 한번 확인해 볼까요?"

마치 시험관 같은 말투와 태도다.

그 익살맞은 행동이 귀여워 송현은 터져 나오려는 웃음을 참으며 그 익살에 죽을 맞춰주었다.

"예! 그럼 잘 부탁드립니다."

거문고를 무릎 위에 올린다.

그런 송현의 행동에 다루에 가득 찬 손님들 사이에서 웅성거림이 생겼다.

송현은 악양에서 유명인사다.

거리의 악사에서 악양루를 대표하는 악사가 되었으니 당연한 일이다. 하물며 송현이 스스로 풍류선인임을 밝힌 마당이다.

악양에 적을 둔 이들 중 송현의 이름 두 글자를 모르는 이들은 없었다.

그럼에도 그들이 먼저 나서 송현에게 말을 걸지 못했던 것은, 악양을 잠시 떠나 있던 송현이 머물렀었던 곳이 무림맹이었기 때문이었다.

단순히 무림맹에 머물러 있었던 것만이 아니라 홀로 인견왕을 베고, 절강의 왜적들을 물리친 호국염왕이라는 별호까지 얻은 마당이다.

송현의 진짜 성격이 어떻든.

무공을 익히지 않은 이들로서는 함부로 말을 걸 엄두가 나지 않는 상대였다.

하지만 그들도 내심 풍류선인의 연주를 듣고 싶었던 것은 마찬가지다.

"……."

어느덧 다루 안은 쥐 죽은 듯 조용해졌다.

꿀꺽!

기대감과 긴장감으로 침 삼키는 소리조차 또렷이 들려올 정도였다.

뚜— 둥!

송현은 거문고를 연주했다.

두 눈은 반개하고, 굳은살 박인 손가락과 낡은 술대는 육 현을 오간다.

"아……!"

다루의 누군가가 저도 모르게 감탄사를 터뜨렸다.

깊고 풍부한 울림.

그 울림이 어느새 다루 전체를 감싸고 맴돈다.

다루의 벽이, 다루의 나무 탁자가. 나무 탁자 위에 자리 잡은 다기가.

음률이란 바닷속에 빠진 듯했다.

이상한 일이다.

분명 송현의 연주는 특별할 것이 없었다.

마음만 먹으면 예인이라면 누구나 따라 할 수 있을 수준의 연주다.

특별히 화려한 기교를 선보이는 것도 아니었고, 감히 좇을 수 없는 빠른 속주를 펼치는 것도 아니었다.

그렇다고 풍류선인이라는 이름을 얻었던 것과 같은 풍운조화를 부리지도 않았다.

평범했다.

그러나 정작 거문고를 탄주하고 있는 송현의 입가에는 미소가 번졌다.

씨익.

음이 높아진다.

마치 계단을 밟듯이.

차곡차곡.

그러다가 순풍을 만난 돛단배처럼 쭈욱 음이 길게 올라간다.

유려하다 부드럽다.

하지만 그 또한 겉보기에는 특별함이 없어 보인다.

뚜— 웅!

연주가 끝났다.

송현의 술대가 거문고의 현을 길게 울리고 잘게 음을 뒤흔들어 여운을 만들어냈다.

"하아!"

"하—!"

연주가 끝남과 동시에.

일순 다루 안에 깊게 내쉬는 숨소리로 가득 찼다.

"하아!"

상아도 마찬가지다. 길게 한숨을 내쉬었다.

그리고 눈을 반짝이며 송현을 올려다보았다.

송현은 웃고 있었다.

"어땠어?"

"좋아요! 진짜 진짜 진짜 좋아요! 진짜 진짜 좋은데…….
음……. 아무튼 진짜 진짜 좋아요!"

상아가 활짝 웃으며 대답했다.

다른 이들의 눈에는 그저 평범한 연주를 상아는 무엇이 그
리 좋은지 크게크게 몸짓을 더하며 칭찬한다.

송현은 그런 상아의 머리를 쓰다듬으며 웃음 지었다.

"좋았다고 하니 다행이구나."

"헤헤—! 또 해주세요! 또, 또!"

상아는 머리를 쓰다듬는 송현의 손길에 웃음 지으면서도 다시 거문고를 연주해 달라 매달렸다.

송현은 그런 상아의 부탁을 거절하지 않았다.

어차피 흥이 동한 마당이다.

망설일 이유는 없었다.

두— 둥!

송현의 거문고 소리가 또다시 다루에 울려 퍼졌다.

추지곤이 악양에서 지내온 시간은 올해로 다섯 해가 된다.

부유한 지방 유지의 자식으로 태어난 그는 과거에 낙방한 이후 줄곧 악양에서 허송세월을 보내왔으니 그야말로 악양의 한량 중 한량이라 할 수 있었다.

오랜만에 찾은 다루에서 그는 송현을 보았다.

풍류선인이란 이름으로 악양에서는 이미 모르는 사람이 없는 유명인이다.

한때 그가 거리의 악사로 지냈을 때.

그의 연주를 즐기는 것은 일종의 유행에 가까웠다.

추지곤도 그때 송현의 연주를 들었었다.

당연한 일이었다.

아무리 허송세월하고 지내는 한량이라 하지만, 그는 학문을 공부하는 유생이다. 인근 악양에 유망한 유생들이 앞다투어 송현의 연주를 찾으니, 그 또한 그들 틈에 섞여 송현의 연주를 들을 수밖에 없었다.

'풍류선인이라 하더니…….'

오랜만에 다시 본 송현.

운이 좋았는지 그런 송현이 거문고를 연주했다.

하지만 그 연주를 듣는 추지곤은 고개를 갸웃거렸다.

'전과 달라진 것이 없지 않은가!'

풍운조화를 부리며 풍류선인이라 불리던 송현이라 더욱 기대했다.

확실히 다른 무언가를 보여주리라 생각했다.

하지만 그런 기대가 무색할 만큼 송현의 연주는 전혀 다른 것이 없었다.

풍류선인의 상징이라 할 수 있는 풍운조화도 일어나지 않았고, 호국염왕이라 불리는 만큼의 특별한 능력을 보여주지도 않았다.

그사이.

첫 번째 연주가 끝이 나고 송현이 또다시 거문고를 탄주하기 시작했다.

뚜— 둥!

'이번에도 특별한 건 없네.'

그와 동시에 추지곤의 실망감은 더욱 짙어졌다.

풍류선인이라 불리었던, 호국염왕이라 불리었던 능력은 이번에도 보여주지 않는다.

그저 평범한 연주다.

'못하는 것은 아닌데.'

못하는 것은 아니다.

화려한 기교도 빠른 속주도 펼쳐내지 않았고, 신비한 능력도 선보이지 않았지만, 그렇다고 못하는 연주라고 할 수는 없었다.

특출나지 않다는 것이다.

당장에 악양루의, 아니, 악양에 이름난 악사들이라면 충분히 흉내 낼 수 있는 수준의 연주일 뿐이다.

'뭐 그래도 할 말은 있겠군.'

운 좋게 송현의 연주를 들었으니 악양의 유망한 유생들이 앞다퉈 찾아와 그 감상을 물으리라.

그것만 해도 전혀 손해는 아니었다.

추지곤은 기대하는 마음을 버리고 느긋하게 의자의 등받이에 몸을 파묻었다.

그사이 연주는 계속되었다.

감미로운 연주다.

모든 사람의 시선이 송현의 거문고 연주에 집중되었고, 두 귀는 송현이 만들어낸 거문고 소리에 집중되어 있었다.

흥미가 한결 가신 추지곤은 느긋하게 주위를 살폈다.

둥―

송현의 거문고 소리가 무겁게 가라앉는다.

"하아―!"

추지곤의 입에서 싶은 숨이 흘러나왔다.

느긋하게 흘러가는 거문고의 선율.

추지곤의 마음도 한결 느긋해진다.

뚜뚱!

그러다 돌연 튀어나오는 고음.

휘몰아치듯 음률이 터져 나온다. 고음의 선율이 삽시간에 다루를 가득 채운다.

"흐읍!"

추지곤은 그 음색에 맞춰 숨을 들이켰다.

등받이에 깊게 파묻었던 상체는 어느새 앞으로 튀어나오고 있었다.

다기를 올려놓은 탁자에 앞가슴이 닿을 듯하다.

그러면서도 뒤룩 눈을 굴렸다.

모두가 같은 자세.

앉은 이들의 상체는 앞으로 향하고, 들이마신 숨은 다시 내쉴 생각도 하지 못하고 있었다.

'에이……. 설마.'

처음에는 단순한 우연의 일치라 여겼다.

하지만 그 생각이 바뀌는 데에는 그리 오랜 시간이 걸리지 않았다.

'무, 무슨!'

송현이 만들어내는 음률이 고락을 더할수록.

다루 안 손님들의 행동도 바뀐다.

음이 낮아지면 숨을 토하고, 음이 높아지면 숨을 삼킨다.

가락이 느려지면 몸의 긴장을 풀어버리고, 가락이 빨라지기 시작하면 저도 모르게 몸에 힘을 불어넣는다.

그것은 이 사실을 의식하고 있는 추지곤도 마찬가지였다.

이상한 것은 이 기이한 현상을 의식하고도 추지곤은 의식적으로 자신의 행동을 제어하고자 하는 마음이 없었다. 아니, 들지 않았다는 말이 맞을 것이다.

그저 신기하고 놀랍다.

'이게 무슨 조화인가!'

속으로 감탄할 뿐이었다.

그렇게 처음 이 기이함을 깨닫게 된 이후.

우— 웅.

추지곤은 손끝으로 전해지는 탁자의 울림을 느꼈다. 디딘두 발바닥으로 전해지는 바닥의 울림도 느껴졌다. 의자의 등받이의 울림도 전해졌다.

스윽.

추지곤은 자신의 손 위에 남은 한 손을 포개었다.

포개어 얹은 손으로도 울림이 전해진다. 추지곤 본인의 몸에서 흘러나오는 울림이다.

그 울림이 모두 같다.

그리고 송현의 거문고 소리를 좇고 있었다.

아니, 마치 하나가 된 듯했다.

동시에 소리가 나고, 동시에 울림이 흘러나온다. 동시에 수많은 이가 숨을 삼키고 내뱉는다.

송현의 거문고 소리 하나가 다루 안의 세상을 하나로 묶었다.

단 한 번도 경험해 본 적 없는, 들어 본 일도 없는 현실이 눈앞에 펼쳐지고 있었다.
　순간.
　화악!
　추지곤의 눈앞에 전혀 다른 세상이 펼쳐졌다.

＊　　　＊　　　＊

　연주가 끝이 나고 한참이 지났다.
　풍류선인 송현은 함께 온 여아와 다루를 나선 지 오래다.
　남은 것은 당시 송현의 연주를 들은 몇몇의 손님과 추지곤이었다.
　추지곤은 연주가 끝나고 한참이 지나서야 정신을 차렸다.
　마치 꿈에서 깬 듯한 표정이다.
　두 눈이 몽롱하고, 온몸엔 긴장이 빠진 듯한 모습이다.
　"풍류선인의 연주라 기대했는데 특별한 건 없던데요?"
　"그렇군요. 저도 내심 큰 기대를 하고 있었는데…… 막상 들어보니 그리 특별할 것도 없더군요."
　추지곤의 귓가로 들려오는 다른 손님들의 담소.
　그중에 단연 화제는 송현의 연주에 대한 감상이었다.
　대개 훌륭한 연주였지만, 그렇다고 선인이라 불릴 만큼 특별한 연주는 아니었다는 평이 대부분이다.
　'멍청한!'

추지곤은 마치 자신이 모욕받기라도 한 듯 화가 났다.

당장에 일어나 멍청한 소리를 주고받는 이들에게 한마디 쏘아붙이고 싶을 정도다.

하지만 이내 추지곤은 고개를 절래 저었다.

'아서라. 무어라 설명하려고!'

말로 설명할 수 없다. 설혹, 설명할 수 있다고 한들 저들이 믿어줄지도 미지수다.

벌컥!

그렇게 추지곤이 자조 섞인 웃음을 지을 때.

다루의 문이 벌컥 열리고 학사건을 질끈 묶은 유생 하나가 뛰어들어왔다.

유생은 다급히 주위를 살피다 이내 실망한 얼굴이 되어버렸다. 그런 유생과 추지곤이 눈이 마주쳤다.

추지곤과 눈이 마주친 유생은 무안한 듯 머리를 긁적이며 웃었다.

"아! 자네도 여기 있었는가? 내 풍류선인이 이곳에서 연주한다는 소식을 듣고 급히 달려온 길이건만…… 늦었나 봄세."

익히 아는 사이다.

송현이 풍류선인이란 이름을 얻기 훨씬 전 거리의 악사로 있을 때부터 그를 알게 된 것도 눈앞의 유생 때문이다.

머리가 영특하여 다음 과거에서는 필시 좋은 성과를 얻으리라 기대되는 이들 중 한 명이었다.

그가 특히 송현의 연주를 좋아했었다.

유생의 체면도 잊고 이렇게 달려온 것도 내심 이해가 되는
일이었다.

유생이 추지곤의 맞은편 자리에 앉았다.

"자네는 언제부터 와 있었는가?"

"나야 벌써 오래전부터 와 있었지. 자네가 그토록 듣고 싶어
했던 풍류선인의 연주도 내 들었었네."

"저, 정말인가?"

유생의 두 눈이 대번 기대로 부풀었다.

"그래! 어떻던가? 전과 같던가? 아니지. 이제는 풍운조화도
손안의 것처럼 자유자재로 부리는 분이시니 그런 분이 연주야
전과 비교될 리 없을지도 모르겠군. 아무튼, 어떻던가? 나는
그냥 자네가 부럽군그래."

유생이 질문을 쏟아낸다.

두 눈 가득 부러움이 가득했다.

추지곤은 웃었다.

"대단했네. 그의 연주는 이미 사람의 것이 아니야."

"오오오! 역시! 그래. 어땠는가. 그렇게 두루뭉술하게 이야
기만 하지 말고, 좀 자세하게 좀 이야기해 보시게!"

유생의 채근에 추지곤은 턱을 긁적였다.

"자세히라……."

생각해 본다.

그 순간 느꼈던 것들.

그 짧은 연주 속에 담겨 있던 것들.

지금도 손안에 잡힐 듯 생생하다.

하지만.

"미안하네."

고민하던 추지곤은 고개를 절래 저었다.

"내 미약한 식견으로는 감히 표현키 어렵군그래. 다만……."

추지곤의 두 눈이 유생과 마주했다.

"다만, 그분의 연주를 듣고 나니 깨달은 것이 있네."

"깨닫다니? 무엇을 말인가?"

"그 옛날 공자께서 말씀하시길 군주가 정치를 예악과 같이 한다면 그것이야말로 바른 정치라 하였던가? 우리가 날로 익히고 있는 학문이라는 것도 예악과 다를 바 없더군."

"그것이 대체 무슨 말인가? 나는 그대에게 풍류선인의 음악을 물었거늘, 그대는 어찌 학문을 들어 내게 대답하는가?"

유생은 거듭 질문을 던졌다.

추지곤의 말 속에 담긴 의미를 파악하기 어려웠다.

"그대는 어찌하여 힘들여 학문을 익히고, 공맹의 도리를 몸에 담으려 하는가? 나는 비로소 오늘에서야 그 의미를 알게 되었다네. 세상은……. 정말 거대하면서도 신묘하더군."

추지곤은 웃었다.

2장
무림맹 개편(改編)

樂武林

북적이는 거리를 걷는다.

등에 거문고를 멘 송현은 상아의 한 손을 잡고 복작이는 저잣거리를 가로질렀다.

상아는 짧은 걸음으로 총총총 송현의 보조를 맞추다 이내 고개를 저었다.

"이상해요."

"응? 무엇이 이상하다는 거야?"

송현의 물음에 상아는 손가락을 들어 바삐 오가는 사람들을 가리켰다.

"사람이 진짜 많아요. 그렇죠?"

"그렇구나."

송현은 고개를 끄덕이며 상아의 말에 동의했다.

거리를 가득 메운 군중의 등에 가로막혀 한 치 앞의 거리도 보이지 않을 정도다. 자칫 방심했다가는 인파에 치여 오가지도 못하는 신세가 될 터이다.

"그런데 왜죠?"

상아가 고개를 갸웃하며 송현을 올려다본다.

순진한 얼굴에는 의문이 가득했다.

"응? 뭐가?"

그 모습에 웃으며 반문하는 송현이 물었다.

"왜 아저씨랑 저랑 걸어가면 길이 열려요?"

상아의 시선.

자그마한 체구를 가진 상아의 시선은 일반 성인 여성의 골반 어림에 머물러 있었다.

그래서 더 자세히 볼 수 있었다.

송현의 손을 잡고 걸으면 길이 열린다.

일부로 소리 높여 사람들을 물러서게 하는 것도 아니었고, 부러 몸을 움직여 사람들을 헤집고 걷는 것도 아니었다.

그냥 앞으로 걸었다.

그러면 어느새 서서히 길이 열린다.

상아가 송현의 손을 잡고 저잣거리로 들어선 이후 지금껏 단 한 번도 발길을 멈춘 적도, 거리를 가득 채운 인파를 피하려고 걸음을 돌린 적도 없다.

어린 상아에겐 그것은 너무나 신기한 경험이었다.

그리고 은연중에 상아는 그것이 송현 때문에 생긴 일이라 여기는 듯했다.

"왜 그럴까요?"

상아가 질문을 던졌다.

질문을 던진 지금도 송현과 상아는 계속해서 걸음을 옮긴다.

거리를 가득 메운 사람들의 틈바구니를 가로질러 가는 두 사람의 걸음걸이는 처음처럼 일정하기만 하다.

상아의 물음에 송현은 볼을 붉적였다.

"글쎄? 왜 그런 걸까?"

"상아는 아저씨가 그런 건 줄 알았는걸요?"

"왜 그렇게 생각했어?"

"음…… 그냥요! 그냥 그런 것 같아요."

이유는 없다. 근거도 없다.

그냥 그런 것 같다는 느낌일 뿐이다.

상아의 그런 대답에 송현은 작게 미소 지었다.

그리고 고개를 돌려 눈앞을 가득 채운 인파의 그림자를 바라보았다.

길이 열린다.

무의식이 만들어낸 길이다.

현은 그 길이 열리리라는 것을 처음부터 알고 있었다.

깨달음이다.

예악의 즐거움을 깨닫게 된 이후부터 찾아온 변화다.

하지만 막상 어린 상아에게 그것을 설명하려니 마땅한 말이 떠오르지 않는다.

그렇게 송현이 마땅한 대답을 찾는 사이.

"웃차!"

송현이 돌연 손을 내밀었다.

턱!

아무런 사전 동작도 없이 시작된 돌출 행동.

그런 송현의 내민 손 위로 사과 하나가 툭 떨어졌다.

"아이고! 감사합니다."

밀려드는 인파에 휩쓸려 사과를 떨어뜨렸던 아낙이 고개 숙이며 감사의 인사를 전한다.

"조심하세요."

송현은 웃으며 고개를 끄덕여 보인다.

하지만.

"앗!"

처음부터 이 모든 상황을 지켜보고 있었던 상아의 눈은 화등잔만 하게 커져 있었다.

"어떻게 한 거예요?"

"응? 뭐가 말이야?"

"방금요. 먼저 손 내밀었잖아요. 사과가 떨어지기 전에!"

상아는 분명 두 눈으로 똑똑히 보았다.

송현이 손을 내뻗었다. 아낙의 품에 있던 사과가 떨어진 것은 그보다 뒤의 일이다.

찰나의 순간이었지만,

상아는 분명 그것을 놓치지 않았다.

"글쎄……. 이걸 어떻게 설명해야 할까. 그냥 떨어질 것 같아서 그랬다고 해야 하나?"

"에이! 거짓말! 아저씨는 분명 저 아주머니를 보고 있지 않았잖아요!"

"그랬나?"

"그랬어요!"

상아가 단호하게 고개를 끄덕인다.

귀신은 속여도 자신은 속일 수 없다는 듯.

어느덧 송현과 맞잡은 손을 놓고는 양 허리춤에 단단히 올려놓는다.

만족할 만한 대답을 내놓으라는 태세다.

송현은 웃었다.

"정말이야. 사과가 떨어질 것이라 생각했거든. 아니, 느꼈다고 해야 하나?"

"어떻게요? 어떻게 느껴요? 상아는 안 느껴지는데요?"

고개를 갸웃거리는 상아.

송현은 그런 상아의 머리를 쓰다듬어 주었다.

무릎을 굽히고 상아와 눈을 맞춘다.

"알려줬단다."

"누가요?"

"사과가."

"거짓말! 사과가 어떻게 말을 해요! 사과는 입도 없는데."

상아가 말도 안 된다는 듯 소리쳤다.

당연한 반응이다.

하지만 송현은 고개를 저었다.

"그렇지만 사실인걸? 사과도 말을 한단다. 이 세상에서 말하지 않는 것은 없어. 단지 우리가 듣지 못할 뿐이지."

만물이 이야기한다.

다만 사람들은 이를 듣지 못할 뿐이다.

송현은 손가락을 들어 한 곳을 가리켰다.

"잘 보렴. 저기 저 아저씨 등에 진 봇짐이 보여?"

"예, 잘 보여요."

"그런데 봇짐이 아주 무거운가 봐. 곧 어깨끈이 떨어질 것 같구나."

"예?"

상아가 고개를 갸웃 한다.

멀쩡히 잘 붙어 있는 어깨끈이 왜 갑자기 끊어진다는 걸까.

그때였다.

툭!

우당탕탕!

"에잇! 하필 지금!"

송현의 말대로였다.

저만치 걸어가던 중년인의 봇짐의 어깨끈이 끊어져 버렸다. 그 탓에 등에 가득 메어져 있던 물건들이 저잣거리 바닥을 굴러다니며 일순 혼란을 만들어냈다.

그 물건들을 다시 주워담아야 하는 중년인의 입에서 볼멘소리가 나온 것은 당연한 일이었다.

"우와! 어떻게 아신 거예요?"

"말했잖아. 그렇게 느꼈다고. 아니, 이야기해 줬다고."

"봇짐이요?"

"음……. 그렇다고 보아도 좋지 않을까?"

"와! 신기해요! 그리고요? 그리고 또 무슨 이야기가 들려요?"

상아는 한껏 신이나 질문을 쏟아낸다.

태어나서 이런 경험은 또 처음이다. 상아에게는 송현의 능력은 마냥 신기하고 재미있는 재주인 듯했다.

"음……. 글쎄? 또 뭐가 있을까?"

상아의 기대에 찬 요구에 송현은 곰곰이 생각에 잠겼다.

눈을 감는다.

송현의 마음속 심상.

그곳에 파문이 인다.

크고 작은 파문이 겹겹이 겹치고, 부딪치고, 흩어지기를 반복한다.

사람들이 만들어내는 파문이다. 물건들이 만들어내는 파문이다. 사람들의 발치에 치여 이리저리 굴러다니는 돌멩이에도, 온갖 물건을 올려다 놓은 자판에도 파문이 인다.

그 파문들이 모여 또 다른 세상을 만들어냈다.

그 세상은 눈으로 보는 세상과 다를 바 없다.

같은 상을 가지고, 같은 온기를 가진다.

다만.

눈으로 보는 세상 속에 없는 것이 있었다.

소리.

눈 감은 송현의 앞에 모습을 드러낸 세상에는 소리가 있다. 부러 드러내지 않아도 존재하는 소리가 있고, 그 소리 속에 이야기도 있었다.

눈 감은 세상 속의 만물은 수다쟁이다.

재잘재잘 저마다 자신의 이야기를 하기에 바쁘다.

씨익.

그럼에도 미소 지을 수 있는 것은 그 수다들이 조화를 이루었기 때문이다.

이것이 송현이 오랜 칩거를 깨고 문을 나섰을 때 마주한 새로운 세상이었다.

"아!"

송현은 감았던 눈을 떴다.

겹겹이 번지고 부딪쳐 만들어낸 파문의 형상들이 풀어진 실오라기처럼 흩어져 희미해진다.

"곧 소나기가 올 거라는구나."

"소나기요? 하늘이 이렇게 맑은데요?"

상아가 의아한 듯 고개를 갸웃거린다.

상아의 말대로 머리 위에 하늘은 구름 한 점 없이 푸르기만

하다.

뜨겁게 내리쬐는 햇볕이 야속할 지경이다.

그런데 비라니.

선뜻 이해하기 어려웠다.

"그래서 소나기라는 거야. 아마 두 시진쯤 비가 내리다 하늘
이 갤 거라고 하는데?"

"에이! 설마!"

상아는 좀처럼 믿지 않았다.

맑은 하늘에 갑자기 소나기가 내리는 것도 모자라, 비가 내
리는 시간까지 예측하다니.

송현이 일부러 풍운조화를 부리지 않는 이상 그것은 불가능
한 일이다.

"글쎄? 거짓말인지 곧 보면 알 수 있지 않을까?"

송현은 그저 웃었다.

그리고는 저잣거리 좌판에서 기름 먹인 종이로 만든 지우
산(紙雨傘) 두 개를 사서는 하나는 본인이, 남은 하나는 상아
를 씌워주었다.

그리고 말했다.

"자! 지금!"

쏴아아아아아아아아아!

비가 내린다.

청명하기 이를 데 없는 하늘이 순식간에 먹구름에 어두워졌
다. 야속하게 내리쬐던 햇볕은 먹구름 뒤에 숨어버리고, 대신

서늘한 한기를 품은 물살이 폭포수처럼 내리꽂혔다.

"이크! 갑자기 웬 비람?"

갑자기 쏟아붓는 소낙비에 저잣거리는 혼란스러웠다.

거리를 가득 채웠던 사람들은 내리는 비를 피해 사방으로 흩어지고, 상인들은 펼쳐놓은 좌판 위 상품들이 비에 젖지 않도록 분주히 움직였다.

미리 지우산을 쓰고 있던 상아와 송현만이 텅 비어버린 저 잣거리의 거리를 유유히 걷고 있었다.

"……."

상아는 말도 잊고 그저 빤히 송현을 올려다보고 있을 뿐이었다.

한편으로는 왜인지 모르게 무언가 심각해 보이기도 했다.

"아저씨?"

"응? 왜?"

의아한 송현의 반문에 상아는 당장에 눈물이라도 흘릴 것처럼 울먹였다.

"아저씨 이제 무당 되는 거예요?"

"무당?"

"색색 옷 입고 이상한 화장하고 종 흔들고 작두 타고 귀신이랑 이야기하는 사람이요."

"……."

송현은 눈을 깜빡였다.

갑작스럽게 튀어나온 무당이란 존재.

상아는 흔히 무당이라 불리는 무속인을 이야기하고 있었다.

왜 갑자기 무당이란 이야기가 나왔는지 좀체 이해가 가지 않는다.

"무당이라니? 왜 갑자기 그런 생각하게 된 거야?"

"엄마가 그랬어요. 무당은 귀신이랑 이야기도 하고, 미래도 알아맞히고 그런다고……. 그렇지만……. 그렇지만 상아는 무당 무서워요. 아저씨 무당 되면……. 희끅! 희끅! 흐아아앙앙!"

결국, 기어이 눈물을 쏟아낸다.

어린 상아의 눈에 미래를 알아맞히는 것은 물론, 날씨까지 알아맞히는 송현이 무당과 같게 보였나 보다.

송현은 웃으며 울음을 터뜨린 상아를 안아 토닥여 주었다.

"걱정하지 마. 아저씨는 무당 안 돼요."

"진짜요?"

상아가 울음을 멈추고 송현을 올려다보았다.

송현은 웃었다.

"그럼! 상아는 아저씨가 무당이 되었으면 좋겠어?"

"아니요! 무당은 무서워요. 표정도 막막 이렇게 이렇게 변하고, 아무튼 무서워요."

"그렇구나. 그럼 상아는 아저씨가 무당 될 것처럼 보여?"

"음……. 아니요. 하지만 봇짐 어깨끈 끊어지는 것도 맞추고, 이상한 것들이랑 이야기도 하고……. 비 올 것도 맞추고……. 아무튼 무당 같아요."

"아저씨는 이상한 것들이랑 이야기하는 것이 아니야."

"그럼요?"

"세상."

"세상?"

"응. 세상."

송현이 고개를 끄덕였다.

상아의 표정이 이상해졌다.

"거짓말! 세상이랑 어떻게 이야기해요! 세상은 이렇게 큰데!"

상아가 짧은 팔로 큰 원을 그려 보인다.

덕분에 상의 손에 들린 지우산이 흔들려 빗방울이 떨어진다. 하지만 이미 그전에 송현의 우산이 상아의 머리 위에 씌워져 있었다.

송현은 상아가 비가 내리고 있다는 것도 잊고 두 팔을 펼칠 것이라는 걸 미리 예상한 듯했다.

"하지만 사실인걸. 예악을 즐기다 보니 어느 날 갑자기 세상이 내게 말을 걸어오기 시작하던데?"

"상아도 음악 좋아하는데요? 왜 상아한테는 안 들려요?"

"글쎄? 왜 그럴까?"

송현은 웃었다.

그리고 말했다.

"그건 아마 상아가 아직 준비되지 않아서가 아닐까?"

"준비라니요?"

"세상이 이야기하는 거잖아. 상아 말처럼 이렇게 커다란 세상이. 그 세상 속에 존재하는 만물이."

차분차분한 송현의 설명.

그 설명에 상아의 눈은 송현의 두 눈에서 떨어질 줄을 모른다.

"그런 세상이 말을 걸어오면 너무 복잡하지 않을까?"

"음……. 복잡할 것 같아요. 무슨 소린지도 모르고……."

상아가 고개를 끄덕였다.

어린 상아가 생각하기에도 이 거대한 세상과 이 세상에 존재하는 것들이 모두 동시에 말을 걸어온다면 상당히 머리가 아플 것만 같았다.

"그래서 들리지 않는 것이 아닐까?"

"음……. 그럼 상아도 나중에는 아저씨처럼 들을 수 있는 거예요?"

"음……. 아마도?"

"우와!"

상아의 표정이 대번에 밝아졌다.

한껏 기대에 부풀어 폴짝폴짝 뛰어다닌다.

쏟아내린 소낙비로 축축해진 저잣거리 위를 폴짝거리니 흙탕물이 튄다. 손에 쥐여주었던 지우산은 이미 내팽개쳐 버린 지 오래다.

송현은 그런 상아를 말리기보단 하늘을 올려다보았다.

"……."

말없이 하늘을 바라본다.

투둑. 툭.

어느덧 억수처럼 쏟아지던 빗방울이 멎었다.

씨익.

송현은 빙글 미소를 지었다.

가락을 이끌지 않았다. 풍운조화를 조절하려고 하지도 않았다.

하지만 비는 이미 그쳤다.

앞으로 두 시진은 족히 내려야 할 비가.

"잠시 뒤 또 쏟아진다네? 가자!"

송현은 상아를 향해 손을 내밀었다.

"네!"

상아는 활짝 웃으며 고개를 끄덕였다.

그렇게 두 사람이 저잣거리를 벗어난 지 얼마나 되었을까.

쏴아아아아!

잠시 멎었던 빗방울이 이내 시원하게 쏟아져 내리기 시작했다.

＊　　　＊　　　＊

쏴아아아아!

악양에 내리는 소낙비처럼.

무림맹에도 비가 내리고 있었다.

빗방울이 날카롭다. 쏟아져 몸을 두드리는 것이 따끔따끔하여 마치 대바늘로 쑤시는 듯하다.

살벌하기 이를 데 없다.

텅! 텅! 터― 엉!

위전보는 내리는 비에도 아랑곳하지 않고 내내 북을 쳤다.

무림맹으로 복귀한 이후 줄곧 하루도 빼먹지 않고 계속된 행동이었다.

송현의 조언 때문이다.

그렇게 얼마나 북을 쳐댔을까.

위전보는 어느덧 주위에 다른 천권호무대원들이 자리 잡기 시작한 지도 의식하지 않고 있었다.

뚝!

그러다 북을 치는 것을 멈춘다.

"……."

멍하니 북채를 잡았던 손안을 바라본다.

꽈악!

손을 쥐었다 펼쳤다가를 반복했다.

그때.

"또 북을 치고 있었나 보군."

고저가 없는 담담한 목소리.

멍하니 손을 바라보던 위전보의 고개가 올라갔다.

"대주님!"

"대주님!"

저마다 편한 자리에 있던 다른 천권호무대원들이 엉덩이를 떼고 일어섰다.

"……."

위전보는 말이 없다.

다만 가만히 연무장으로 들어온 진우군을 응시할 뿐이었다.

천권호무대가 창설된 이후 줄곧 진우군의 곁을 지켜온 위전보다. 말 많은 성격은 아닌 그이지만 언제나 진우군은 위전보를 중히 여겼다.

그 이유는 간단하다.

많이 말하지 않는 대신 많이 듣는다.

그리고 기억한다.

진우군의 굳은 표정을 본 위전보는 직감했다.

"…시작입니까?"

"그렇다."

"……."

진우군의 대답에 위전보가 입을 꾹 닫는다.

고개를 돌려 담벼락 너머 무림맹의 풍경을 두 눈에 담았다.

오랜 세월 거친 삶을 살아왔다.

예리하게 벼리어진 칼날 위에 곡예를 하듯 살아온 삶 속에서 자연스럽게 몸에 배는 것이 있었다.

비릿한 피 냄새가 가득했다.

천하의 무림맹을 온통 뒤덮은 혈향에 위전보는 눈살을 찌푸렸다.

오랜 세월 무림이란 세상을 뒹굴다 보니 본의 아니게 발달

한 감이다.

그 감이 오늘 흘릴 피 냄새를 먼저 맡고 있다.

자욱한 혈향.

오늘 흘릴 피가 그리 적지만은 않을 것임을 예감했다.

"우선 맹주전으로 이동한다. 이후 맹주님의 명에 따라 행동을 정할 것이다."

"알겠습니다."

진우군의 설명에 위전보가 이례적으로 입을 열어 대답했다.

천권호무대.

천권이라 불리는 맹주를 지키는 무사대.

호무대가 창설된 이래 처음으로 그 이름에 걸맞은 임무를 수행하게 되었다.

"가지."

진우군이 앞장섰다.

*   *   *

끼이이익!

맹주의 앞을 가로막았던 두터운 대문이 열렸다.

쏟아지는 빗줄기 속.

맹주의 두 눈은 빗줄기를 꿰뚫고 주위를 훑어 살피고 있었다.

씨익!

"준비는 끝나셨는가?"

웃음 지은 맹주의 질문.

"……."

그 질문에 대답은 돌아오지 않았다.

원령원 앞 공터에는 이미 육대세가를 따르는 무사들이 줄서 도열해 있었다.

그 수만 기백을 훌쩍 넘는다.

수하들은 쏟아내리는 빗줄기를 묵묵히 받아내고 있다.

그들을 이끄는 육대원령의 자리는 빗줄기가 미치지 못하는 처마 아래였다.

적발적미(赤髮赤眉).

소구에 버금갈 만큼 우람한 덩치를 지닌 노인.

그는 육대세가의 한 축을 담당하고 있는 하남 적씨세가의 적염상이다.

양강의 무공을 바탕으로 한 도격이 매섭기로 유명하여 지금은 달리 염화도군(炎火刀君)이라 불리는 자다.

그 좌측에 매와 같이 날카로운 눈을 가진 선풍도골의 노인이 서 있다. 대정호검(隊正號劒) 위창숙이라는 자로 섬서제일가로 꼽히는 육가 중 하나인 섬서위가를 대표하는 원령이었다.

북궁정이 사라진 지금.

육대원령의 구심점이 되는 이는 그 둘이다.

그런 그들을 중심으로 남양 하씨세가의 태산압검(泰山壓劒)

하도균. 제남 장씨가의 무불권(無不拳) 장가추. 만검추산(萬劍推算) 오장걸. 장가타(張家垜)의 전대장주이자, 이제는 장가주호수(張家主護手)이라는 별호를 사용하는 장고곤이 저마다 자리를 차지하고 서 있었다.

맹주 유건극의 방문에 먼저 입을 연 이는 적염상이었다.

붉은 눈썹을 꿈틀거린 그는 위압감이 느껴지는 거대한 덩치와 어울리지 않게 싹싹한 눈웃음을 지어냈다.

"허허허! 맹주께선 기별도 없이 이 누추한 곳엔 무슨 일이십니까."

얼굴 가득 호감이 묻어 나온다.

그 모습에 맹주의 입가에 걸린 웃음은 더욱 짙어졌다.

"천하의 도군도 늙었나 보군. 어설프게 입바른 소리나 하고 있으니 말이오."

적염상이 보인 호감이 가식임은 누구보다 잘 알고 있는 맹주다.

실질적으로 북궁정이 변을 당한 이후 가장 앞장서서 맹주인 유건극을 향한 이빨을 드러내고 있던 이가 적염상이었다.

더는 망설일 것이 없어진 지금 맹주의 말투는 지금까지와 달리 과격하고 직설적이었다.

"그게 무슨 무례한 말씀이시오! 아무리 맹주라 한들 우리 원령에게 그러한 언사를 하실 수는 없는 일이외다!"

그 과격한 언사에 대번에 반발이 돌아왔다.

가득해 보였던 호의는 어디로 갔는지 사라져 버린 적염상의 얼굴은 그의 머리칼과 눈썹과 같이 붉게 달아올라 있었다.

"호무대주."

맹주는 그런 적염상의 반응을 무시했다.

대신 뒤따라온 천권호무대주 진우군을 불렀다.

"예."

"문을 막게. 한 식경 이후부터는 상황이 끝날 때까지 누구도 들어올 수도 나갈 수도 없어야 할 것이네."

"알겠습니다."

진우군이 대답했다.

그리고 곧장 천권호무대가 움직였다.

원령원으로 들어오는 문은 총 넷.

이미 약속된 바가 있었기에 천권호무대의 움직임은 일사불란했다.

눈앞에 원령원 측의 무사들을 보고도 그들은 망설임없이 네 방위에 자리한 대문을 걸어 잠가 버렸다.

"……"

갑작스러운 행동.

잠시의 시간도 주어지지 않고 이루어진 일에 장내는 어안이 벙벙한 표정을 짓고 있는 이들밖에 없었다.

실질적으로 이들을 이끌어야 하는 육가의 원령 또한 마찬가지였다.

웃음이 나왔다.

"검성도 고생이 많으셨겠구려."

유건극은 죽은 북궁정을 떠올렸다.

가장 먼저 상황을 판단하고 결정 내려야 할 육가의 원령이 결정은커녕 상황파악도 못 하고 있다. 그동안 북궁정이란 거대한 그늘에 숨어 자신의 무능은 철저히 숨겨온 이들의 본모습이었다.

'그러니 눈앞의 이득에 눈이 멀어 이러한 일을 자초한 것이지.'

그 정도 머리가 있는 이들이라면, 적어도 북궁정을 그렇게 내치지는 않았을 것이다.

북궁정이란 존재가 어떠한 의미를 지니고 있는지 알았다면 말이다.

북궁정은 다른 육가를 뭉치게 하는 구심점이다.

원령 중 눈앞의 이익보다는 대계를 구상할 수 있는 사람은 그가 유일했다.

또한, 그러면서도 육가가 원하는 이득을 최소한의 불만으로 물어다 줄 수 있는 사람도 북궁정이 유일했다. 북궁정의 일을 대신 하기에는 다른 육가의 원령은 아둔하고 또 탐욕적이다.

그것이 연합이란 체계가 가진 고질적인 문제점이다.

툭.

맹주는 품 안에서 무언가를 꺼내 바닥에 던졌다.

땅에 떨어진 그것은 두꺼운 서책이었다.

맹주가 말했다.

"염화도군 적염상. 수적과 결탁하여 밀염밀매(密鹽密賣) 주도! 대정호검 위창숙. 관리와 결속, 매화표국 강제 인수(引受)!
태산압검은 맹의 자금을 횡령하였고, 이 과정에서 반발한 무사 둘을 살해 유기했군. 그리고 무불권은……."

맹주의 이야기가 계속된다.

하나같이 육대원령의 가슴을 뜨끔하게 만드는 내용들이었다.

그들이 저지른 비리들.

그것을 망설임없이 까발린다.

육가의 원령 중 뒤가 더럽지 않은 이가 얼마나 될까.

그러나 설마 그것을 이렇게 대놓고 이야기해 버릴 것이라고는 생각지도 못했다.

불문율과 같은 것이다.

관이든 무림이든 상관없이 한 집단의 권력을 지닌 자들은 서로의 비리를 알면서도 굳이 언급하려 하지 않는다.

진흙탕 싸움일 뿐이다.

서로에게 비리로 얽혀 있기 때문이다.

그 불문율을 맹주가 먼저 깨뜨렸다.

또한, 멈추지 않았다.

"아래에 책자는 간단히 증좌를 모아놓은 것이다. 그 밖에 확인된 혐의를 담으려면 이 작은 책으로는 모자랄 듯싶군. 그리고 마지막."

맹주의 차갑게 가라앉은 시선이 원령들을 훑고 지나간다.

"유성검성 북궁정 암살. 그 증좌 또한 이 안에 있다."

맹주의 손이 바닥에 던져둔 책자로 향했다.

"모, 모함이오!"

"그렇소. 그 증좌라는 것 또한 조작된 것이 틀림없소!"

삽시간에 소란이 일어났다.

원령들도 목소리를 높인다.

죄를 부정했다.

"맹주께서는 조작된 증거를 들고 본 원령원의 권위를 훼손하겠다는 것이오!"

그 속에서 적염상이 소리쳤다.

그나마 그가 원령 중 가장 빨리 상황을 파악하고 있는 듯했다.

하지만 그마저도 늦었다.

"그야 확인해 보면 될 일이지. 무고하다면 곧 밝혀질 터. 순순히 투항하라."

말투마저 바뀌어 있었다.

죄인을 대하듯 완벽한 하대를 했다.

그리고 말했다.

"죄인을 문초하기 위한 일이다. 이와 연관되지 않았다면 순순히 무기를 버리고 이 자리를 떠나라!"

원령들이 불러놓은 무사들을 향해 하는 말이다.

맹주의 매서운 눈길이 무사들 하나하나를 향해 다가가 꽂혔다.

날 선 칼로 찌르는 듯한 시선.

그 시선에 무사들의 어깨가 움찔거린다.

누가 무어라 해도 유건극은 무림맹의 맹주이자 천외사천의 일인 천권이다.

그가 마음먹고 쏘아낸 시선을 감히 정면에서 받아낼 만한 무사들은 흔치 않았다.

"……."

하지만 누구도 자리를 뜨지 않는다.

"하하하하!"

웃음이 터져 나왔다.

적염상이다.

동요는 있었으되 이탈자는 없다.

당연한 일이다.

이미 대세는 기울 대로 기울었다. 허울만 남은 맹주의 권위 따위를 무서워하는 이는 이 자리에 없다.

"맹주께서는 홀로 우리를 모두 제압할 생각이신가 보오!"

상황이 그렇다.

맹주와 함께 온 천권호무대는 사방의 대문을 가로막고 있다.

결국, 맹주는 이 자리에 홀로 있다.

기백에 달하는 무사들.

거기에 육가의 원령이 있다.

그런 전력을 맹주 홀로 제압한다?

웃음이 나오는 일이다.

"맹주께서는 본령을 너무 가벼이 여기신 듯합니다."

천외사천 중 일인.

충분히 두려운 전력이다.

하지만 천외사천에도 급이 있는 법이다. 유건극은 무림맹주라는 자리를 더해 천외사천의 말석에 겨우 이름을 올린 자다.

육가의 원령이 합공한다면 그리 어려운 상대가 아니다.

더욱이 이미 포섭이 끝난 무림맹 외당 무사들도 이곳 원령원으로 몰려오고 있을 것이다.

상황은 누가 보더라도 원령원의 우위다.

"맹주께서 드디어 노망이 드셨나 보구나! 편히 쉬게 해드려라!"

적염상이 소리쳤다.

"예!"

무사대가 읍했다.

대세가 자신들에게 있음을 안 무사들의 목소리에 힘이 실렸다.

동시에 맹주의 입꼬리에 걸린 미소는 더욱 차가워졌다.

"노망이라……. 욕망에 눈먼 망령들이 하는 헛소리치고 과하군!"

쿵!

천권의 주먹이 허공을 갈랐다.

*   *   *

대문 뒤 원령원 안에서는 비명과 폭음이 연거푸 터져 나왔다.

사방의 대문을 지키고 선 천권호무대도 마냥 놀고 있을 수만은 없었다.

맹주의 방문.

무림맹은 벽에도 눈이 있는 곳이다.

그것을 모를 리 없었다.

응당 원령원 측에 붙은 무사대들은 어떻게든 원령원 내에 진입하려 할 것이다.

네 개의 조로 나누어진 천권호무대의 역할을 그들을 막는 일이었다.

쉬운 일이 아니다.

하나, 혹은 둘의 숫자로 기백의 적을 상대해야 하는 일이다.

말도 안 되는 임무다.

몸 성히 살아날 확률보다는 목숨을 잃을 확률이 높다.

하지만 지금까지 천권호무대가 해온 임무들이 그러한 것이다.

위전보는 홀로 서쪽 문을 맡았다.

'생각보다 적군.'

눈앞의 일백의 무사대.

그것도 외맹의 무사대다.

전력의 핵심이라 할 수 있는 내맹 무사대의 모습은 코빼기도 보이지 않는다.

다행스럽지만, 마냥 다행스럽지만은 않다.

'동문? 북문? 아니면 남문인가…….'

육대세가의 영향력은 결코, 적지 않다. 육대세가에 붙은 내맹 무사대는 분명 존재한다. 그렇다면 그들이 지금 눈앞에 존재하지 않다 한들 전혀 좋아할 것이 되지 못했다.

달리 말하자면 그들은 위전보가 지키는 문이 아닌 다른 곳으로 향했을 것이라는 이야기가 되기 때문이다.

당장의 본인은 한결 수월해질지 몰라도, 어딘가에 있을 동료들은 더 많은 위험을 감수해야 한다는 이야기다.

어찌 되었든 지금 위전보가 그들을 위해 할 수 있는 일은 없다.

"물러서라."

위전보가 입을 열었다.

홀로 커다란 대문을 등지고 있다.

일백의 앞에 선 일인.

초라해 보일지도 모르는 모습이다.

하지만 그 일인의 기세에 짓눌린 일백의 무사는 선뜻 앞으로 나서질 않았다.

위전보는 피식 웃음을 지었다.

'맹주께서도 이것을 예상한 것일 테지.'

무림맹은 하나의 단체이나, 하나가 아니다.

각 정파 세력의 지원으로 이루어진 거대한 연합체다.

뜻을 함께한다고 해서, 미래를 함께하는 것은 아니다.

저들 또한 육가의 원령 전체에 충성을 맹세한 것이 아니다. 소용 가치가 사라지면 버려진다. 얕보이면 도리어 공격당한다.

그렇기에 누구도 선뜻 먼저 나서 위험을 감수하려 하지 않는다.

"……."

물러서지도 다가오지도 않는 적을 두고 대치한다.

하지만 그 시간이 길어지자 결국 나서는 이가 있었다.

"원령원의 명입니다. 비켜주시지요."

중년의 사내.

위전보도 아는 사내였다.

외맹에 속한 무사대 중에서도 맹의 출입을 관리하는 호위위사대의 대장이다.

그는 반듯한 인상으로 예를 잊지 않았다.

몸에 밴 예법이다.

"나는 지금 맹주의 명을 수행하는 중이다."

위전보는 사내의 말을 맞받아쳤다.

하지만 속으로는 적지 않게 놀라고 있었다.

'의외군.'

맹주의 명으로 외유가 잦았던 천권호무대다. 맹의 정문을 담당하는 위사와는 안면이 있을 수밖에 없었다.

그들은, 아니, 적어도 눈앞에 있는 사내만큼은 맹주와 척을

질 만한 인물이 아니었다.

오히려 맹주를 지지하는 이들 중 하나다.

사내의 가족들도 외맹현에 거처를 잡고 머물고 있다.

그러한 편의의 토대를 제공한 이 또한 맹주 유건극이었다.

그런 그가 원령원의 손을 잡았다.

믿기 어려운 일이다.

위전보의 생각을 알았음일까.

사내는 고개를 숙였다.

"죄송합니다. 지켜야 할 것이 있었습니다."

"원령들이 겁박했나?"

"아닙니다. 그저 맹을 떠나기 두려웠을 뿐입니다."

"대세를 따르겠다?"

"…죄송합니다."

사내가 고개를 숙인다.

위전보는 작게 고개를 마주 끄덕여 주었다.

원령원에서 군이 협박할 필요가 없었을 것이다. 그저 대세가 어디로 기울고 있는지만 보여주면 그만이다. 힘없는 외맹무사들은 어쩔 수 없이 대세를 따를 수밖에 없었다.

맹에서 내쳐져서는 가족의 생계를 책임지기도 어려울 테니 말이다.

그러니 개인의 신념을 외면하고 맹의 주인이 될 사람을 지지할 수밖에 없다.

위전보는 그것을 잘못되었다 생각하지 않았다.

누구나 영웅이 될 수는 없는 법이다.

"나는 풍파이검(風波二劒). 살아 돌아가긴 힘들 것이다."

백여 명의 외맹 무사.

그들을 상대하는 일은 결코, 쉽지만은 않다. 그렇다고 패할 것이라는 생각은 없었다.

그러기에는 위전보가 살아온 세월들이 너무나 험난했으니까.

"적어도 내치지는 못하겠지요."

위전보에게 하는 말이 아니다.

원령원을 향해 하는 말이다.

그들을 위해 죽었으니 죽은 무사들의 가족들을 내치지는 못할 것이다.

"…가겠습니다."

"오라!"

사내를 시작으로 일백의 무사가 동시에 위전보를 향해 달려들었다.

위전보는 두 자루 검을 뽑아 들었다.

좀처럼 함께 뽑는 법이 없는 두 자루 검을 뽑아 든 위전보의 눈빛은 어느새 살기로 가득 차올라 있었다.

양 떼 우리에 뛰어든 늑대처럼.

위전보의 손에 들린 두 자루의 검이 내뿜는 검광이 미친 듯 날뛰기 시작했다.

애초에 무림맹은 외맹 무사에게 높은 수준의 무위를 요구하지 않았다.

무림맹에서 요구한 것은 충성심과 성실성 단 둘이다.

진실한 전력은 내맹에 있기에 그 체제는 바뀌지 않았다.

더욱이 평화가 길었다.

사마세력을 잠재운 이후 외맹 무사들이 무림맹 밖으로 파견되는 경우는 흔치 않았다. 더욱이 위험한 임무에서는 더더욱 제외되기 일쑤였다.

그 결과가 확연히 드러났다.

백여 명의 외맹 무사.

그사이를 마음껏 날뛰는 위전보.

위전보의 일검을 제대로 받아낼 수 있는 무사는 없었다. 차륜전으로 밀고 붙이는 것도 불가능했다. 무수한 실전 속에서 살아남은 위전보는 외맹현 무사들이 차륜전을 펼쳐낼 기회마저도 허락하지 않았다.

일검에 하나씩.

위전보가 외맹 무사대를 모두 베어내는 데는 그리 오랜 시간이 필요하지 않았다.

"…이것이……. 천권호무대!"

마지막까지 저항했던 사내는 허탈하게 중얼거렸다.

아무리 무력이 떨어지는 외맹 무사대라고 한들 그 숫자만 해도 일백을 넘는다.

그것을 너무나 간단히 처리했다.

그 흔한 작은 생채기 하나 만들어내지 못했다.

압도적인 실력 차.

천외천이 달리 있는 것이 아니다.

사내에게 있어서 위전보는 천외사천과 크게 차이가 없었다. 천외사천을 만나든, 위전보를 만나든 그 결과는 같았을 테니까.

이제야 알 것 같다.

"대세를 잘못 보았군요."

육가의 원령원이 대세를 쥐고 있다고 생각했다.

고작 다섯밖에 남지 않은 천권호무대만이 확실한 맹주의 세력이라 믿었다.

하지만 아니다.

맹주는 힘이 없어서 천권호무대를 더 이상 충원하지 않은 것이 아니다. 맹주에게는 천권호무대 다섯이면 이미 충분했던 것이다.

"…쉬어라."

허탈한 표정을 짓고 있는 사내를 내려다보던 위전보가 말했다.

추확!

피가 튄다.

심장에 틀어박혔던 검을 뽑아낸 위전보는 주위를 살폈다.

숨이 붙어 있는 이는 없다.

생사의 갈림길에서 갈고닦은 검은 무정하다. 자비를 모른다. 언제나 상대의 목숨을 끊어놓는다. 그래야만 후환이 없다.

　지독하게 몸에 밴 습관은 그래서 무서웠다.

　"여긴…… 끝이군."

　씁쓸한 마음에 거친 두 손으로 마른세수를 했다.

　손에 묻은 핏방울 얼굴에 그대로 자국으로 남았다.

　텅!

　그때.

　등 뒤로 굳게 닫혀 있던 원령원의 대문이 열렸다.

　위전보의 고개가 돌아갔다.

　"……."

　직감적으로 원령원 안의 상황이 끝났음을 느꼈다.

　저벅. 저벅. 저벅.

　위전보는 말없이 원령원 안으로 걸음을 옮겼다.

　속으로는 미약한 불안감을 품은 채.

　찰박!

　하지만 막 대문을 넘는 순간 위전보의 걸음 소리가 바뀌었
다.

　원령원이 온통 핏빛으로 뒤덮여 있었다.

　바닥에 흥건히 고인 핏물에 발걸음이 무거워졌다.

　"그쪽도 별 어려움은 없었나 보군?"

　문득 목소리가 들려왔다.

　급히 고개를 돌린 쪽에는 진우군이 있었다.

　북문을 맡고 있던 진우군에게서는 조금의 생채기도 발견되

지 않았다. 이윽고 나머지 문을 지키던 천권호무대의 대원들
도 모습을 드러냈다.

자잘한 상처는 있었지만, 그들 또한 크게 고전한 모습은 찾
아보기 힘든 모습이었다.

'이상하다.'

위전보의 두 눈에 의혹이 어렸다.

"고생했네."

그러나 이내 그 의혹은 경악으로 바뀌어야 했다.

줄곧 눈앞에 있음에도 이제야 보았다.

그것도 이상한 일이건만, 위전보의 머리는 차마 그것까지
생각할 겨를이 없었다.

맹주가 있었다.

온통 핏빛으로 변한 원령원 내에서 맹주만이 유일하게 제
색을 갖고 있었다.

피 한 방울 튀지 않은 옷.

흐트러지지 않은 머리칼과 고른 숨결.

마치 여유롭게 쉬다 온 사람처럼 보인다.

다만, 맹주의 두 손만은 붉게 젖어 있었다. 그의 두 손에는
반쯤 으스러진 머리가 각각 하나씩 들려져 있었다.

'적염상!'

칠대세가에서 북궁세가가 빠지고 육가가 되었다.

그 육가에서 구심점이 되었던 두 인물 중 하나가 적염상이
다. 맹주의 남은 한 손에 들린 얼굴은 굳이 보지 않아도 알 수

있었다.

'대정호검 위창숙!'

새로운 육가의 구심점이 되었던 두 인물 중 남은 하나.

대정호검 위창숙.

매와 같은 눈매는 짓이겨져 찾아보기 어려웠다. 선풍도골과 같은 모습은 사라지고 길게 혀를 빼 문 채 머리만 덩그러니 남아 있다.

눈으로 보고도 믿기 어려운 결과다.

천외사천에 이름 올리지 못했으나 세간에 알려지기로 육가의 원령 하나하나의 무위는 천권 유건극과 반 수 정도의 차이를 가지고 있다고 했다.

그러나 결과는 세간에 알려진 것과는 전혀 달랐다.

압도적인 차이.

원령들의 합공은 물론, 육대세가의 무사들까지 합심했음에도 작은 생채기 하나 내지 못한 채 지리멸렬했다.

'무위를 숨겨왔던 것인가! 하지만 어떻게?'

위전보의 두 눈에 의혹이 짙게 어렸다.

위전보는 천권호무대 소속이다. 천권호무대가 창설된 시점부터 줄곧 그랬다. 사마세력과의 전쟁 때에도 그는 천권호무대의 무사였다.

당연히 무림맹주 유건극의 무위도 보았다.

지금껏 이름뿐이었지만, 그래도 천권호무대다.

천권이자 무림맹주인 유건극을 호위하는 무사대인만큼 실

전 속에서 유건극의 무위가 어느 정도인지 눈으로 확인할 기회는 많았었다.

그때 유건극이 보인 무위는 세간의 평가와 다르지 않다.

한참을 목 아프게 올려다보아야 할 만큼 높은 곳에 서 있었지만, 그렇다고 홀로 육가의 원령을 제압할 만한 수준은 아니었다.

어쩌면 백마신궁을 중원에서 지워 버린 이후의 십 년이란 시간 동안 새로운 길을 열었을지도 모른다.

하지만 위전보는 유건극이 진정 새로운 경지를 열었으리라고는 생각지 않았다.

'바뀐 것은 없었으니까.'

곁에 있다 보면 본능적으로 느껴지는 것이 있다.

알기 때문이다. 상대의 기도와 체취를 알기에 작은 변화도 쉽게 알아낼 수 있다.

그것이 무공에 관련된 것이라면 더더욱 그러했다.

무인이란 모름지기 추구하는 방향에 따라 체격도, 기도도 바뀌게 마련이다. 그리고 그러한 것을 가장 먼저 알아차리는 것 또한 무인이다.

위전보는 단 한 번도 맹주의 변화를 느끼지 못했었다.

'처음부터 숨겼다면……. 왜?'

의문이 꼬리를 물고 찾아온다.

아무리 가진 것의 삼 할은 숨겨야 하는 무림이라지만, 맹주는 너무나 많이, 그리고 오래 숨기고 있었다.

무엇 때문이었을까.

그 의문이 이내 불안한 예감을 도출해 냈다.

'처음부터 이런 일을 예상했단 말인가?'

원령원이 맹주를 밀어내기도 전에.

사마세력과 전부를 건 전쟁을 치르기도 전부터 그랬다는 이야기가 된다.

그리고.

그 불안한 예감에 힘을 실어주는 상황이 곧 발생했다.

"오! 왔는가?"

맹주가 사람 좋은 미소를 지었다.

천권호무대를 향한 미소가 아니다.

등 뒤로 느껴지는 기척.

사납다. 거칠다.

보통의 정파 무림인들이 가진 기도와는 전혀 다른 기세였다.

그렇다고 사이하지는 않다.

그 거친 기세에 위전보의 고개가 돌아갔다.

일백의 무사가 다가오고 있었다.

위전보는 저도 모르게 검파에 손을 올렸다.

그들은 모두 원래는 백색이었을 무복을 피로 붉게 물들인 채였다.

오와 열을 맞추어 걸어오는 모습이 마치 군부의 정예가 다가오는 듯했다.

그중 유독 위전보의 신경을 잡아끄는 이가 있었다.

이제 겨우 스물 중반이나 넘었음직한 사내.

선두에선 그는 얼굴을 사선으로 가르는 깊은 상처를 품고 있었다.

그의 눈에서, 그의 전신에서 흘러나오는 기운은 위전보의 심장을 저릿하게 만드는 무언가가 있었다.

'혈향!'

몸에 밴 짙은 혈향.

사마의 거두들을 상대할 때도 이처럼 농밀한 혈향을 맡아본 적이 없는 위전보다.

마주하는 것만으로 묘한 불안감을 조성한다.

그가 위전보를 스쳐 지나갔다.

"신풍대주 강산! 임무를 마치고 맹주님을 뵙습니다!"

그가 맹주의 앞에 무릎을 꿇었다.

절도 있는 모습이다.

"하—!"

순간 위전보는 저도 모르게 한숨을 내쉬었다.

스스로도 놀랄 만큼 무의식에서 흘러나온 안도의 한숨이다.

그가 아군임을 확인한 순간 나온 한숨이다.

그는 이어 말했다.

"칠기단 중 두 개 단, 적청백 삼 개 대, 이하 육가의 원령에 합세한 내맹의 반동 세력들은 모두 척결 완료했음을 보고합니다!"

그 순간.

위전보의 얼굴이 굳었다.

내맹.

원령원의 문을 지키면서도 가장 걱정했던 적이다.

그러나 그들은 끝내 모습을 드러내지 않았었다.

이제야 그 이유를 알았다.

천권호무대가 원령원의 문을 막는 사이, 신풍대라는 새로운 무력대가 내맹을 정리한 것이다.

천권호무대가 내심 가장 부담스러워했던 상대를 정리했다.

그 말은 그만한 무력이 있었다는 말이 된다.

그리고 그것을 명령한 맹주 또한 이미 신풍대라는 무력대가 그만한 전력을 갖추고 있음을 인지하고 있음을 뜻하기도 했다.

지금까지 위전보가 알고 있던 무위와는 전혀 다른 맹주의 무위.

거기에 어느 날 갑자기 튀어나온 신풍대라는 무력대의 힘.

하루아침에 이루어진 일이 아니다.

오래전부터 착실히 준비해 왔던 일임을 뜻했다.

'내가 알던 것이 전부가 아니란 뜻인가……!'

불안이 한층 짙어졌다.

단숨에 육가의 원령을 처리했다.

육가와 뜻에 앞장서서 함께했던 내외맹의 각종 단체도 정리되었다.

남은 것은 맹주를 지지하는 세력.

그리고 중립.

그러나 중립이라고 같은 중립이 아니다.

온전한 중립을 표방하는 이들이 있는가 하면, 어느 한쪽으로 기운 채 드러내지 않은 이들도 있다.

맹주는 개의치 않았다.

대신 삼 일의 시간을 주었다.

뜻을 함께할 수 없는 자, 충성할 수 없는 자는 스스로 떠나라 했다.

떠나는 이들도 있었지만, 그 숫자는 미미했다.

비록 무림맹에서 원령원이 내쳐지고 맹주가 권력을 휘어잡았지만, 육가가 사라진 것은 아니다.

원령원의 근본이라 할 수 있는 육대세가는 자신의 텃밭에서 여전히 위용을 자랑하고 있었다.

원령원을 지지하는 이들 중 대부분은 이대로 맹에 버티고 있으면 그 육가가 다시 권력을 탈환할 것이라 믿었다.

하지만 그것은 명백한 착오였다.

삼 일이 지난 뒤.

맹주는 기다렸다는 듯 움직였다.

원령원을 지지한 세력을 축출하고 그들의 비리를 만천하에 공개했다. 무림맹 내에서 신풍대를 앞세운 맹주를 막을 수 있는 건 전무했다.

순식간에 맹이 정리되었다.

하지만 모두 끝난 것은 아니다.

무림맹의 가장 강력한 힘이 되어주었던 육대세가는 그들의 터전에서 그대로 맹주로 남아 있다.

그들을 쳐내야만 모든 것이 끝이 난다.

맹주는 그마저도 망설이지 않았다.

그동안 육대세가가 저질러온 비리를 공개했다.

무림맹이 존재하기 이전부터 존재했던 육대세가다. 그들이 그 오랜 시간 이루어놓은 비리가 결코 작을 리 없다.

하루에도 수십 개의 비리가 드러나고, 그것이 육대세가의 정당성을 위협했다.

그리고.

맹주를 중심으로 철저히 개편된 무림맹이 본격적으로 움직임을 시작했다.

그 선봉대에 신풍대가 있었다.

3장
육현(六絃)이 끊어지면

또옥.

밤사이 내린 소나기로 잎사귀에 물방울이 올라앉았다. 맺힌
물방울이 웅덩이로 떨어져 내리니 맑은 소리가 들린다.

푸드득!

그 소리에 놀란 산새가 날아올랐다.

후두둑!

산새의 날갯짓에 짙푸른 녹음의 숲이 들썩이고, 나무 위에
맺힌 물방울들이 전날 내린 소나기 소리를 재현했다.

악양의 산속.

극변하는 무림의 정세와 동떨어진 송현이 맞이한 아침의 풍
경이었다.

마루에 앉은 송현은 맑은 거문고 연주 소리로 그 맑은 아침을 맞이하고 있었다.

둥—

술대로 현을 뜯는다.

부러 소리와 가락을 이용하여 자연조화를 부리지는 않았다. 그저 비 갠 맑은 아침의 정취를 만끽할 뿐이다.

하지만 그것만으로도 충분했다.

연주가 계속될수록.

송현의 존재감은 점점 더 희미해져 갔다.

거문고에서 울려져 나오는 소리도 어느덧 희미해져 갔다.

아니다.

소리는 희미해지지 않았다.

떨어지는 물방울 소리처럼.

아침나절 지저귀는 새 소리처럼.

원래 그 자리에 있었던 것처럼 당연한 것이 되었을 뿐이다.

나뭇가지가 흔들리지 않는다고 바람이 사라진 것은 아니며, 물이 흘러가지 않는다고 물이 사라진 것은 아니다.

송현의 경지는 어느덧 새로운 영역으로 향하고 있었다.

음(音)이 의(意)가 되고, 의가 언(言)이 되었다. 그리고 다시 언이 의가 되었다.

소리 속에 말이 있다.

말 속에 뜻이 있다.

그 뜻이 항상 순리를 따르고 화합을 따르는 것은 아니다.

그랬다면 산은 항상 산일 것이고, 물은 항상 물일 것이다. 빗물에 물길이 생기는 일은 없을 것이고, 마른 땅이 젖을 일도 없을 것이다.

각자가 가진 뜻.

그 뜻은 화합할 때도, 역행할 때도, 상충할 때도 있다.

'그렇기에 흘러가는 것이겠지.'

다만 그 의지와 의지가 때론 부딪치고, 때론 빗겨내고, 때론 견뎌내는 것이다.

그래서 산은 언젠가 바다가 되고, 바다는 언젠가 산이 되는 법이다.

깨달음이 깊어질수록.

송현의 마음은 가벼워졌다. 또한, 깊어졌다.

깊고 가벼움이 더해질수록.

떵—!

순간, 현이 끊어져 버렸다.

"또 끊어져 버렸구나!"

송현의 입에서 안타까운 한숨이 흘러나왔다.

매일 제 몸처럼 아껴온 거문고다. 하지만 그 거문고는 이제 더 이상 악기라 보기 어려울 만큼 많이 낡고 닳아 있었다.

송현의 마음이 깊어질수록, 또 가벼워질수록.

송현이 만들어내는 의지는 점점 더 강하고 거대해졌다.

하지만 거문고는 커지는 송현의 마음을 견뎌내질 못했다.

새로운 것으로 바꾸어도. 뛰어난 명인의 악기를 갖고 오더라도 그것은 변하지 않을 것이다.

커진 마음을 담기에는 턱없이 연약하고 작기만 했다.

그것을 안다.

그렇기에 송현의 입에선 안타까운 웃음이 짙어졌다.

"악기를 망치는 악사라니……!"

어처구니가 없다.

스스로 악기를 망치는 일이 생길 것이라고는 전혀 상상도 해본 적 없으니까.

그럼에도 악기를 연주할 것이다.

악기를 망침을 알면서도.

악기를 연주해야만 하는 것이 악사이기 때문임을 알기 때문 이다.

잠시 예인과 먼 곳에 머물렀던 송현이기에 그것은 더욱 각 별한 것이었다.

"음?"

안타까움에 고개를 젓던 송현이 고개를 들었다.

손끝을 타고 흐르는 바람.

바람이 속삭인다.

그들이 보고 온 세상을 이야기하고, 그들이 듣고 온 세상을 이야기한다.

"후—!"

송현은 깊은 한숨과 함께 고개를 절래 저었다.

자리에서 일어났다.

먼 곳을 바라본다.

산 아래, 아니, 그 너머.

감히 송현의 눈이 닿지도 못할 곳.

송현은 중얼거렸다.

"손님이 오시겠구나."

달갑지 않은 손님이다.

*   *   *

소연 공주는 시선을 돌렸다.

의자조차도 허락되지 않은 곳.

그곳에 세 사람이 오체투지를 하고 있었다.

하나같이 지긋한 나이다. 하나, 풍겨 나오는 기운만큼은 흉흉하기 그지없다. 그들이 부러 흘려내는 기운이 아니다. 그저 몸에 밴 체취처럼 그들조차 의식하지 못하는 사이 흘러나오는 것일 뿐이다.

그러나 그 흉흉한 기운은 마치 보이지 않는 벽에 가로막힌 듯 소연 공주에게는 감히 범접하지 못하고 있었다.

공주도 안다.

그 기운이 어찌하여 자신에게까지 미치지 못하고 있는 것인지.

사각. 사각.

소연 공주는 휘장 너머로 들려오는 소리를 좇아 고개를 돌렸다.

그다.

황조(皇祖).

오체투지한 세 명의 노인에게서 흘러나오는 기운이 감히 소연 공주에게 범접하지 못하는 이유.

철그렁! 철그렁!

휘장 너머의 존재를 가늠하던 소연 공주의 고개가 또다시 돌아갔다.

밀실의 한쪽 벽.

그곳에 두 노인이 사슬에 메어 있었다.

소연 공주의 팔뚝만 한 굵기의 쇠사슬은 두 노인의 전신을 관통하고 있었다. 무림의 시선으로 요약하자면 내공이 지나는 혈도를 관통하고 있는 것이라 했다.

힘없이 고개를 꺾어버린 두 노인을 보고 있는 소연 공주의 눈썹이 떨렸다.

그때.

휘장 너머에서 들려오던 사각거림이 멈췄다.

"일어나라."

무미건조한 목소리.

감히 나이를 짐작하기조차 어려운 목소리가 휘장 너머에서 흘러나왔다.

"쿨럭!"

"커, 커억!"

그 순간 놀랍게도 쇠사슬에 전신 요혈이 꿰어 고개를 꺾고 있던 두 명의 노인이 기침을 토해냈다.

　힘없이 꺾였던 고개가 돌아오고, 안광에 빛이 들어온다.

　그들은 소연 공주의 얼굴을 확인하고는 이내 엎드린 세 명의 노인을 훑어보았다. 그리고 시선을 돌려 뚫어질 듯 휘장을 노려보았다.

　"큭큭큭! 잡종에 공주라! 일 한번 제대로 벌릴 모양이군!"

　함께 묶였으나 둘은 서로 달랐다.

　가장 먼저 입을 연 노인의 말투를 거칠었다. 그 말투만큼이나 얼굴 또한 흉했다. 얼굴 가득 오래된 크고 작은 상처가 자리 잡고 있었다. 코는 짓뭉개져 겨우 흔적만 남아 있고, 원래의 얼굴은 가늠이 가질 않을 정도다.

　반면, 그와 함께 묶인 노인은 또 달랐다.

　"그대는 무림을 손안에 쥐고 주무를 작정이오! 대관절 이게 무엇하는 짓이오!"

　그는 추상과 같은 호통을 토해냈다.

　선풍도골의 모습. 비록 산발한 머리칼이었으나 그럼에도 그는 보는 이로 하여금 절로 경외감을 느끼게 하는 무언가가 있었다.

　"천마(天魔), 천검(天劍)."

　두 노인의 외침에 휘장 너머에서 목소리가 흘러나왔다.

　움찔!

　그 음성에 부복한 세 명의 어깨가 움찔거렸다.

천외사천.

하늘 밖에 존재하는 네 개의 하늘.

그중에서도 가장 높고 거대한 하늘을 천마와 천검이라 부른다.

비록, 세를 이루지 않고 강호의 일에도 개입하는 법이 없지만, 누구도 그 두 사람만큼 경시하지 못했다.

그들이 나서는 순간 모든 것이 바뀐다.

같은 천외사천의 이름 아래 있으나, 그 두 사람은 혈천과 천권과는 또 다른 하늘에 있는 존재들이었다.

그 두 사람이 제압당해 있다.

그리고 휘장 너머의 존재는 그 두 사람에게 요구하고 있었다.

"뜻을 같이하라. 그럼 살려주지."

"큭큭! 뜻? 무슨 뜻을 말하는 것이냐! 멀쩡히 잘 돌아가는 강호에 피바람을 불러오는 것? 아니면? 네놈 멋대로 이 강호를 주무르는 것?"

천마가 비아냥거렸다.

그 빈정거림에 휘장 너머에서 질문이 돌아왔다.

"불복인가?"

"불복이다! 이 천마가 그딴 협박에 굴할 것이라 여겼느냐! 내 죽는 한이 있다 한들 네놈이 원하는 대로는 못하겠다!"

천마가 소리쳤다.

그것으로 끝이다.

"죽어라."

휘장 너머에서 흘러나온 한마디.

그것은 선고(宣告)였다.

"컥!"

불현듯 천마가 목을 움켜쥔다.

두 눈에 혈관이 붉어져 나왔다. 고통스런 몸부림에 쇠사슬은 미친 듯 요동친다.

그러나 그마저도 그리 오래가지 않았다.

"……."

고개가 모로 꺾였다.

숨이 멎었다.

천외사천 중에서도 첫 번째를 다투던 천마의 마지막이라 보기에는 너무나 허망한 최후였다.

"……."

어떤 이유로, 무슨 힘으로 천마가 죽었는지도 모른다.

그 알 수 없는 미지가 분위기를 더욱 어둡게 만들었다.

"천검! 대답하라."

그 속에서 또다시 무미건조한 목소리가 흘러나왔다.

이번엔 천검의 대답을 요구하고 있었다.

천검의 눈이 떨렸다.

일평생을 천하제일의 자리를 놓고 다투던 호적수가 죽었다. 그것도 너무나 간단히 말 한마디로 이루어진 죽음이다.

그 충격이 결코, 작지 않다.

피식.

하지만 그는 이내 허허로운 웃음을 지어 보였다.

"일평생 천마와 겨루었으나 천마가 이렇게 강호를 생각하는 줄은 몰랐소. 아니, 아니지. 그는 그저 그대에게 굴복하기 싫었던 걸 거요! 천마는 그런 위인이니!"

적이지만 피를 나눈 혈육보다도 친근했던 사이다.

천검은 그의 성격, 그의 버릇, 그의 무공 하나하나까지도 낱낱이 알고 있었다.

그렇기에 그를 이해할 수 있었다.

누군가의 밑이 아닌 위를 꿈꾸는 사내다. 일평생 그렇게 살았고, 그렇기에 평생을 천검과 다투었다.

그리고.

천검 또한 그런 천마와 일평생을 투쟁한 사람이었다.

"천마도 굴복하지 않았는데! 어찌 내가 굴복하겠소! 죽이시오!"

천검의 맑은 눈빛이 휘장을 꿰뚫었다.

죽음을 두려워하지 않는 당당한 눈이다.

하지만 그 눈이 닿은 곳에서 들려오는 대답은 무심하기만 했다.

"그러지."

그것으로 끝이다.

천검은 천마가 그랬던 것과 같이 돌연 목을 부여잡고 발버둥쳤다. 그리고 숨이 끊겼다.

천외사천 중 두 개의 하늘이 사라졌다.

"……."

그 의미가 결코 작지 않다.

그렇기에 소연 공주는 입을 열지 않았다.

하지만 휘장 너머의 존재에게는 그것은 그리 중요치 않은 문제인 듯했다.

"삼(三) 사신(使臣)."

무미건조한 목소리가 누군가를 부른다.

"예!"

동시에 세 개의 똑같은 대답이 돌아왔다.

엎드린 세 명의 노인의 입에서 흘러나온 대답이다.

잔뜩 긴장한 그들의 등은 이미 식은땀으로 흠뻑 젖어 있었다.

"천마와 천검은 이제 없다. 계획대로 움직이면 될 것이다."

이미 천마와 천검이 뜻을 따르지 않을 것임을 예상하고 대계를 세웠다.

조금 전의 질문은 그저 마지막 기회였을 뿐이다.

천검과 천마가 합류하지 않았다고 해서 문제될 것은 아무것도 없다.

"무림을 재편하라!"

그가 말했다.

삼 사신.

황조를 대신하는 세 명의 사신을 뜻하는 말이다.

그들은 황조의 종이다.

그 시작은 어떠했는지 몰라도 지금은 확실한 황조의 종이 되었다.

황조는 그들이 원하는 것을 줄 수 있는 능력이 있었다. 또한, 그들이 감히 넘보지 못할 힘도 있었다.

복종.

그것이 저들과 저들이 이끄는 단체에 허락된 전부다.

그들이 황조의 명을 받고 나간 이후.

소연 공주는 물었다.

"신뢰할 수 있겠사옵니까? 저들은 몰라도 저들의 후인들 황조의 존재를 모르지 않습니까. 하물며 저들의 뿌리는 엄연히……"

"백마신궁, 사천성, 독시궁이지. 사마(邪魔). 그것이 저들의 뿌리다."

공주의 말을 황조가 이어받았다.

무심한 말투.

단둘뿐인 자리건만 그의 목소리에서는 여전히 감정이 담겨 있지 않았다.

"그래서 소녀, 걱정이옵니다."

공주는 고개를 숙이며 자신의 심려를 털어놓았다.

사마세력.

그들은 믿을 수 없다. 형식상으로라도 황제가 정한 법률을 따르려 하고, 정의를 표방하는 정파와 달리 사파와 마도는 거리낄 것이 없다.

그들을 움직이는 것은 욕심과 욕망, 그리고 이득이다.

정파를 표방한 무림맹이 사라지고 난 뒤의 저들은 기회가 된다면 언제든 황권을 침범하려 할 것이다.

그것이 그녀의 걱정이었다.

하지만 그것은 휘장 너머의 존재인 황조에게는 그저 기우에 불과했다.

"태고의 천마가 하늘에서 내려왔을 때, 달마가 이 땅을 밟았을 때, 나는 이곳에 있었다. 그들이 떠난 뒤 천마가 남긴 천마신교는 사라진 전설이 되었다. 달마가 머물던 사찰은 무림의 뒤편으로 밀려났다. 그때도 나는 이곳에 있었다. 태초의 무림이 태동한 그 순간부터 지금까지! 이 땅에 남아 무림을 관조하고 무림을 지켜냈다."

담담한 목소리.

그는 자신을 이야기하면서도 역시 어떠한 감정도 드러내지 않았다.

마치, 제삼자의 이야기를 이야기하는 듯했다.

그래서 더욱 믿기 어렵다.

아니, 애초에 그가 말한 내용부터가 믿을 수 없었다.

하지만 소연 공주는 믿었다.

그것이 사실임을 알기 때문이다.

관과 무림의 불가침.

언제부터 생겼는지도 모르는 오랜 불문율.

그것을 만들어낸 이 또한 휘장 너머의 황조였다.

이 땅에 나라가 들어서고, 무림이란 세계가 잉태했을 때부터 그는 존재했다. 무수한 세월이 흐르고, 수많은 국가가 흥망을 반복했을 때도 그는 존재했다. 이민족이 이 땅을 지배했을 때도 그는 있었고, 작금의 황조(皇朝)가 들어섰을 때도 그는 있었다.

황가의 소수에게만 전해지는 진실.

북방의 야만족에 의해 이 땅에 새로운 나라가 탄생했을 때, 무림을 인정하지 않는 그들로 인해 무림이 말살되어 갈 때.

그들을 몰아내고 새로운 국가가 탄생했다.

그것이 현 황조(皇朝)다.

그리고 그 이면에는 지금 휘장 뒤에서 존재하는 그가 있었다.

그로 인해 현 황가의 토대가 잡혔고, 그의 조력으로 이 땅에 이민족의 나라를 지워냈다.

그래서 그는 황조라 불린다.

황실의 조상.

그것이 그가 황조인 이유다.

"지나온 역사가 증명한다. 지금 스스로 자신을 정(正)이라 부르짖는 이들 중 과연 처음부터 정을 찾던 이들은 얼마나 될까. 거의 없다. 지금 육가 중 일부는 명문대파의 무공을 훔친 도적들이고, 또한 일부는 저잣거리의 왈패였다. 너희 황조를 연 태조 또한 저잣거리의 주먹패에 불과했다. 그저 시간이, 필요가 너희에게 정을 찾게 하였을 뿐이다. 지키고 유지하는 데에는 정이 사마보다는 나으니까. 그것은 저들 또한 마찬가지다. 백 년, 이백 년 후에는 저들이 이 중원 무림의 정파가 되어 있을 것이다. 그것이 역사다!'

황조가 살아오며 지켜본 세상이 그랬다.

끝까지 정으로 남는 것보다 사마로 돌아서는 것이 많다. 끝까지 사마를 추구하는 것보다 정으로 돌아서는 것이 많다.

세상이 변하기 때문이다.

필요도 변하기 때문이다.

세상은 그렇게 돌아간다.

"내가 그리 만들 것이다. 지금껏 그래 왔던 것처럼."

"…그렇군요."

소연 공주는 어떤 말도 할 수 없었다.

황조가 있다.

세월이 흘러 소연 공주가 죽고, 지금의 황가가 바뀌어도 그는 이곳에 있다.

지금껏 그래 왔던 것처럼.

그에게는 그만한 힘과 능력이 있었다.

전능에 가까운.

그것을 알기에 어떤 말도 필요 없었다.

그럼에도 마냥 웃을 수만은 없는 것은, 그녀가 황가의 사람이기 때문이었다.

황제는 천자라 했다.

하지만 이 세상은 천자의 것이 아니다.

천자는 결국 누군가 만들어놓은 세상에서 허락해 준 일부의 권력을 가진 존재에 불과했다.

불편한 진실이다.

그렇게 그녀가 고개를 숙이고 있을 때.

그가 말했다.

"지금 악양에 혈천패가 있다."

"…악양이라면?"

"그렇다. 송현이란 자가 있는 곳이다."

"설마 혈천패가? 아니겠지요? 혈천패는 황조의 종이니 사사로운 감정으로……."

불안한 예감에 공주의 말이 빨라졌다.

하지만 돌아오는 대답은 여전히 무심하기만 할 뿐이다.

"맞다."

"황조!"

언성이 높아졌다.

송현은 혈천패의 자존심에 상처를 냈다.

하지만 걱정하지 않았던 것은 혈천패의 주인이 황조이기 때문이다.

"황조께서는 무심으로 무림을 경영해 오지 않았사옵니까! 한데, 어찌하여 혈천패가 사사로운 감정을 품는 것을 허락하신 것이옵니까!"

황조는 무심하다.

헤아릴 수 없는 오랜 세월을 존재해 왔다. 희로애락(喜怒哀樂)
도 무디어져 사라져 버렸다.

그렇기에 그는 천하 무림을 경영한다.

정, 사, 마.

어디에 치우침도 없이.

무수히 흘러내린 혈겁에도 꿋꿋이 무림을 경영할 수 있었던
것도 그 탓이다.

그런 그라 믿었다.

하지만 혈천패는 그가 아니다.

"혈천패는 사냥개다. 사냥개는 주인에게 복종하고 사냥만
잘하면 그만이지. 그 외의 것은 신경 쓸 거리가 되지 않는다."

"하지만 만약…….'

"만약은 없다. 어차피 그는 백 년도 못 사는 인간이다."

"……!!"

숨이 턱 막혀 버렸다.

무심한 말투 속에서 담긴 의미를 엿보였다.

그 의미가 얼마나 무섭고 두려운 것인지 막연히 느끼고 있
었다.

사각. 사각.

다시 나무를 조각하는 소리가 흘러나왔다.

"……."

그러다 멈춘다.

"실패했군."

툭! 데구루루.

휘장 너머에서 무언가 굴러 소연 공주의 발치 앞에 멈췄다.

조각이다.

섬세한 손길로 다듬어진 나무 조각에는 자세히 보아야만 알수 있는 작은 흠이 생겨 있었다.

황조는 그것을 두고 실패라 한 듯했다.

그러나 소연 공주의 눈은 격랑에 휩쓸린 듯 거칠게 흔들렸다.

'다를 바… 없어!'

쓰다 망가지면 가차없이 버린다.

거기에 미련을 느낄 이유도 없다. 어차피 대체할 것은 많다.

지금 버려진 이 목각처럼.

그에게 사람이란 존재는 그런 의미였다.

그 무심함에 손이 떨린다.

하지만 그보다 중요한 일이 있었다.

'우선 효인을……!'

효인을 불러 미리 송현에게 자리를 피하라 언질을 해야 한다.

그것이 송현이 다치지 않는 길이다.

어차피 송현이 무림을 떠난 이상 그는 더는 상처받을 이유가 없는 사람이었다.

"그만두거라. 늦었으니. 지금쯤 도착했겠군."

그런 그녀를 가로막는 소리가 있었다.

휘장 너머의 존재.

황조의 목소리였다.

황조는 이미 그녀의 속내를 꿰뚫고 있었다.

"왜……?"

그녀는 그를 향해 물음을 던졌다.

그는 답했다.

"아깝지는 않다. 다시 새로 시작하면 그만이니까. 하지만……."

실패한 목각에 관한 이야기일까.

아니면 사람에 관한 이야기일까.

그 분별마저 불분명하다.

그사이 그는 멈추었던 말을 끝맺고 있었다.

"다시 만들려면 시간이 필요하지. 그건 실리적이지 않아."

사각. 사각.

다시 목각 소리가 흘러나왔다.

*　　　*　　　*

울림통이 갈라져 너덜거리는 거문고.

송현은 그 거문고를 연주하고 있었다.

울림통이 갈라지니 소리의 끝도 갈라져 흘러나온다. 하지만 그것은 또 그것 나름의 운치가 있다.

그렇게 얼마나 연주했을까.

송현은 고개를 들었다.

"좋은 연주군그래."

그의 앞에 누군가 서 있었다.

기척도 없이 언제부터 그 자리에 서 있었는지 알 수도 없다. 아니, 마치 처음부터 그 자리에 서 있었다는 듯 서 있는 그의 모습은 자연스럽기 그지없었다.

"오셨군요."

"호! 내 올 줄 알았다는 말로 들리는군그래?"

"다시 오신다고 하셨으니까요."

담담한 송현의 대답에 그의 입가가 비틀려 올라갔다.

"허허허! 그렇군! 그래. 내 다시 찾아올 것이라 했지. 또한, 이런 말도 했던 것 같은데? 기억나는가?"

"글쎄요? 어떤 말을 하셨었지요?"

"이 혈천패가 다시 자네를 찾아올 때! 자네는 자네가 한 말에 책임을 져야 할 것이라 말일세!"

혈천패.

이초가 죽었을 때.

이초의 가슴을 관통한 검을 뽑았던 이가 혈천패였다. 그때 그 자리에 송현과 천권호무대가 있었다.

한 번의 충돌이 있었고, 혈천패는 송현에 의해 자존심에 큰 상처를 받았다. 아니, 악연은 처음 절강에서부터 시작되고 있었는지도 몰랐다.

어찌 되었든 그는 다시 찾아왔다.

그의 방문이 결코 호의로 시작된 방문이 아님을 송현도 모르지 않았다.

송현은 웃었다.

"죄송해요. 그때는 아버지를 잃은 슬픔에 제정신이 아니었나 봐요."

갑작스러운 사과.

너무나 자연스러워서 혈천패도 의식하지 못하고 넘어갈 뻔할 정도였다.

그리고 그것은 혈천패의 기대와는 너무나 다른 반응이기도 했다.

"…무슨 수작을 벌이려는 게냐?"

"그저 사실을 그대로 말씀드렸을 뿐이에요. 무례를 저질렀으니 사과를 한 것뿐입니다."

혈천패의 날 선 반응에도 송현의 대답은 태연하기만 했다.

"허!"

마치 당연한 일을 했다는 식의 반응에 혈천패의 입에선 허탈한 한숨이 흘러나왔다.

"하면, 네 말의 책임은 사죄로 끝맺고자 함인가?"

"저는 당신과 싸울 이유가 없으니까요."

"내가 네 아비를 죽이지 않았으니까?"

"예."

"알고 싶지 않으냐? 누가 네 아비를 죽였는지?"

"……"

혈천패의 물음.

송현은 침묵했다.

그 침묵이 혈천패의 조바심을 자극했다.

"나를 꺾으면 될 일이다. 하면, 내가 말해줄 것이야. 네 아비를 해한 흉수가 누구인지, 무슨 연유로 그런 짓을 저질렀는지!"

"…그렇게 저와 싸우고 싶으신 것입니까?"

입을 꾹 다물던 송현이 물었다.

"일이 우습게 돌아가는구나!"

혈천패는 그만 웃음을 터뜨릴 수밖에 없었다.

상황이 이상하게 돌아간다.

혈천패는 송현을 죽이러 이곳에 오기 위해 주인의 허락을 맡아야만 했다.

소연 공주는 황조라 불렸고, 혈천패는 그를 천주(天主)라 불렀다.

천주의 허락을 받았다.

그리고 오는 길이다.

그런데 정작 그렇게 찾아온 송현은 전혀 싸울 의지가 보이지 않는다.

그렇다고 그냥 돌아갈 수는 없다.

이 우스운 상황이라도 받아들여야 한다.

송현을 죽인다.

송현의 가벼운 입놀림에 대한 대가를 치르게 한다. 그 대가는 죽음이다.

그것이 그가 이 악양까지 온 목적이다.

허투루 발을 돌릴 수는 없다.

"그저…… 네놈의 말에 책임을 지우고 싶은 것일 뿐이라 하자꾸나!"

또다시 자존심에 상처를 입은 혈천패가 으르렁거렸다.

"후—! 좋습니다."

송현도 고개를 끄덕였다.

담담하기만 했던 송현의 눈빛도 어느새 변해 있었다.

송현이 말했다.

"그러나 당신은 저를 이기지 못합니다."

"개소리!"

고함과 함께 성난 혈천패가 송현을 향해 달려들었다.

후배를 위해 삼 초를 양보한다는 예의 따위도 챙기지 않았다.

한 번도 아닌 세 번이다.

'내 저 혓바닥을 잘라 버리리라!'

송현은 혓바닥 하나로 천외사천의 일인인 혈천패를 너무나 쉽게 모욕했다.

참을 만큼 참았다.

독심이 혈천패의 검끝에 어린다.

그 순간이었다.

뚱—!

송현이 거문고의 현을 튕겼다.

우뚝!

순간 이상한 일이 벌어졌다.

달려들던 혈천패의 움직임이 멈춘다.

"이게……. 무슨 짓이냐?"

걸음을 멈춘 혈천패가 물었다.

그의 두 눈엔 믿을 수 없다는 의지가 가득 담겨 있었다.

송현이 답했다.

"말씀드렸지 않습니까. 당신은 저를 이길 수 없다고요."

더는 걸음을 내딛지 못하는 혈천패.

그런 혈천패를 앉아 가만히 지켜보고 있는 송현.

이상한 대치다.

그 대치 속에서 혈천패의 얼굴이 붉어졌다.

"믿을 수 없다!"

소리친다. 그리고 다시 달려든다.

그저 분노만 앞세우던 전과는 달리 혈천패의 기세는 사뭇 달라져 있었다.

일보.

그의 신형이 환영처럼 사라진다 싶더니 어느덧 송현의 눈앞에 와 닿아 있었다.

이형환위(移形換位).

순간이동과 같이 순식간에 거리를 점하는 보법의 절대 경지.

　그 속도가 너무 빨라 잔상을 남겨둔다고 했다.

　그래서 적은 머물러 있는 잔상을 보고 있다가 어느새 다가온 적을 맞아야만 한다.

　천외사천이란 이름에 걸맞은 신위다.

　그리고.

　검을 휘두른다.

　핏빛 기운을 담은 혈천패의 검은 소리조차 흘려내지 않고 송현의 신형을 갈라 버렸다.

　하지만.

　"이런!"

　스슷!

　송현의 신형이 사라진다.

　좀 전까지 태연하게 앉아 있던 송현의 신형은 어디로 갔는지 찾아볼 수 없게 되어버렸다.

　베어 넘긴 손안의 감각도 공허하긴 마찬가지다.

　혈천패는 고개를 돌렸다.

　그의 신형이 머물러 있던 곳.

　그곳에 송현이 앉아 있다. 여전히 송현의 무릎 위에는 거문고가 올려진 상태였다.

　"허! 허허!"

　삐죽 웃음이 흘러나왔다.

가벼운 마음으로 나선 길이다. 그저 버릇없는 초출 무사를 벌하는 일이라 여겼다. 그것은 파리를 때려잡는 일보다 쉬운 일이다.

착각이다.

명백한 오판이었음을 지금에야 와서 절실히 깨달았다.

"과연, 이토록 자신만만했던 이유를 알겠구나."

아무리 얕잡아 보았다고 하지만, 연거푸 두 번의 공격을 무산시켰다.

작금의 강호에 약관의 나이로 이처럼 혈천패의 검을 피할 수 있는 자가 있을까.

없다.

혈천패는 순순히 송현의 무위를 인정했다.

하지만 그렇다고 모든 것이 끝난 것이 아니다.

까드득! 까드득!

혈천패의 모습이 변했다.

아니, 혈천패의 노쇠한 몸 위로 무언가 기어 올라오고 있었다는 말이 맞을 것이다.

피처럼 붉은 벌레 같다.

붉은 점들이 혈천패의 전신을 서서히 감싸고 있는 모습을 보고 있노라면 소름이 일어난다.

"징그러운가? 혈천계(血天界)라는 게야. 이 내가 천외사천에 오를 수 있었던 것도 모두 이것 덕택이지."

씩 웃음을 지으며 말한다.

후두둑! 후두둑!

혈천패가 걸음을 옮길수록 그의 몸에 붙은 붉은 곤충이 땅 위로 떨어져 내린다.

맑은 물에 먹물 한 방울을 던져 놓은 것처럼.

땅 위로 붉은 기운이 서서히 번져 간다. 아니, 땅 위만이 아니다. 어느덧 대기도 피처럼 붉어져 가고 있었다.

멀리서 본다면 노을이 내려앉은 듯 보일 것이다.

"……."

송현은 서서히 주위를 뒤덮어 가는 기운을 말없이 응시했다.

혈천패가 웃었다.

"이 혈천의 세계에 온 것을 환영하네!"

세상이 온통 핏빛이다.

사각 사각 사각!

송현은 자신의 무릎을 기어 올라오는 붉은 곤충을 탁 하고 털어냈다.

'이런다고 달라지진 않을 텐데.'

안타까움이 앞선다.

그와 싸우기 싫다. 싸워야 할 이유가 없다.

그는 이초를 죽이지도 않았고, 송현의 주위의 어떤 사람도 해치지 않았다.

우습게도 결과만 놓고 보면 그랬다.

그러니 그와 싸울 마음은 지금도 없다.

하지만 그는 아닌 듯했다.

송현은 자리를 털고 일어섰다.

한 손으로 거문고를 받치고 섰는데도 전혀 힘이 들지 않는다. 무림맹에서의 수련이 마냥 쓸데없는 것만은 아닌 듯했다.

"굳이 이렇게까지 하셔야겠습니까? 이렇게 하셔도 당신은 저의 상대가 되지 않아요."

솔직히 말했다.

혈천계.

이것만큼은 송현도 소극적으로 대응할 수 없었다.

혈천계는 혈천패의 세상. 혈천계 속 세상은 혈천패를 중심으로 돌아간다.

그의 의지, 그의 감정, 그의 호흡 하나에 세상이 바뀐다.

그것을 안다.

혈천패의 입을 통해 듣지 않아도 시끄럽게 송현의 귓가에 경종을 울려대고 있다.

술대를 들었다. 거문고의 여섯 현 중 가장 가까운 문현(文絃)에 술대를 걸었다.

"오만한 소리는 그만두게!"

혈천패의 목소리가 등 뒤에서 들렸다.

분명 혈천패의 모습은 눈앞에 있는데 말이다.

'옆!'

그런데 정작 송현은 옆으로 물러섰다.

한 걸음이다.

송현이 옮긴 그 한 걸음의 간격 사이로 검이 훑고 지나간다.

소리도, 형태도 없다.

그저 존재만 있을 뿐이다.

'닿지 않았어!'

하지만 닿지 않았다. 아무리 은밀하고 날카로워도 닿지 않으면 모두 소용없는 일이다.

그렇게 안심하는 사이.

주륵!

송현의 어깨에 피가 흘렀다.

'언제?'

분명 닿지 않았다.

송현은 그것을 확신했다.

그런데 어깨에는 상처가 남아 있다.

그런 송현의 의문을 알았을까.

이번엔 머리 위에서 혈천패의 목소리가 들려왔다.

"나의 세상일세. 내 마음속 세상이 드러난 것이야. 손에 든 검이야 하나뿐이겠으나, 마음속의 검은 어디 하나뿐이겠는가?"

그의 세상이다.

그가 베고자 마음만 먹는다면 얼마든지 칼날은 만들어진다.

거짓말 같은 세상이다.

하지만 그것도 인정해야 한다.

"이름은 혈천강기(血天剛氣)라 알아두게. 저승의 염라가 왜 왔느냐 묻거든 그 정도는 대답할 수 있어야 면이 서지 않겠는 가."

"……."

여유로운 혈천패의 설명에 송현은 대답하지 않았다.

'아직 끝이 아니야.'

방심의 산물일 뿐이다.

실제로도 혈천패의 목소리가 들려오는 지금 이 순간에도 검은 날아오고 있었다.

그 수가 얼마나 되는지 알지 못한다.

그저 피할 뿐이다.

저벅.

한 발자국을 옮겼다.

송현이 옮긴 한 발자국의 거리에 검신이 솟았다 사라진다. 또다시 움직인다. 그 거리만큼 검이 스치고 지나간다.

스확!

그렇게 얼마나 되었을까.

송현의 움직임이 무디어진 틈을 타 송현의 신형을 핏빛 검이 베고 지나갔다.

하지만.

송현은 이미 그곳에 없었다.

"허공답보(虛空踏步)?"

놀란 혈천패의 목소리가 울렸다.

송현은 어느덧 하늘 위에 있었다. 무뎌진 움직임을 베고 지나간 검은 결국 허상을 베고 지나간 것에 불과했다.

아무것도 없는 허공을 밟고서는 것.

그것을 허공답보라 부른다.

경신술에서 그것은 전설에서나 나오는 지고의 경지였다.

"허공답보. 무림에서는 이것을 이렇게 부르는 거군요."

하지만 송현은 오히려 자신이 한 일이 얼마나 대단한 일인지 모르는 듯했다.

어쩌면 당연했다.

송현이 익힌 것은 무공이 아니었으니까.

무림의 상리로 일의 어려움과 쉬움을 재단하는 것은 송현과 애초에 맞지 않았다.

그들에게 쉬운 일이 송현에게는 어려운 일일 수도 있고, 그들에겐 너무나 어려운 일이 송현에게는 숨 쉬는 것과 같이 간단한 일일 수도 있었다.

"이제, 그만하시지요."

송현이 말했다.

하지만 혈천패는 오히려 코웃음만 칠 뿐이었다.

"이곳이 어딘지 잊었단 말이냐? 허공으로 피한다 한들 피할 수 있을 성싶더냐?"

혈천패의 신형이 떠올랐다.

계단을 밟듯 혈천패 또한 송현과 같이 허공답보를 시연한 것이다.

그의 세계 속이기에 가능한 일이다.

그 속도가 점점 더 빨라진다.

혈천패의 몸을 휘감은 핏빛 기운도 점점 더 거대해져 갔다.

"후!"

송현은 한숨을 내쉬었다.

더는 피하고만 있을 수 없음을 깨달았다.

이제 둘 중 누구 하나가 죽어야만 이 상황이 끝이 난다.

송현은 그를 위해 죽어줄 생각이 없다.

문현에 걸어둔 술대를 강하게 당겼다.

팅!

그 힘에 문현이 끊긴다.

동시에 파문이 일었다.

핏빛 호수 속에 누군가 돌을 던진 것처럼 파문은 크게 물결을 만들며 번져간다.

"큭!"

동시에 달려오던 혈천패의 신형이 멈췄다.

"이건 대체 무슨!"

믿을 수 없다는 눈으로 송현을 노려본다. 그 시선을 받는 송현의 두 눈은 잠잠한 호수와 같이 담담하기만 하다.

"저는 악공. 소리를 다루는 자. 이 세상은 당신의 세상일지 몰라도, 이 세상의 소리는 저의 것입니다. 더는 고집을 피우지 마시지요. 육현(六絃)이 끊어지면 당신은……. 죽습니다."

소리를 다루는 자.

그것이 송현의 근본이다.

송현이 가진 힘은 소리에서부터 시작했고, 송현이 부리는 힘의 끝은 결국 소리다.

혈천패가 만들어낸 혈천계 속의 세상에도 소리가 있다.

그 소리가 있는 이상 혈천패는 송현을 이길 수 없다.

그것은 필연적인 상성이다.

'제발.'

담담한 목소리와 달리 송현은 속으로 간절히 기도했다.

혈천패가 이쯤에서 멈추기를.

더는 떠나온 무림의 악업을 잇기 싫었다.

하지만 세상은 언제나 원하는 바와 같이 흘러가지 않는다.

"너는 또다시 도망치려 하는구나! 네게는 이 혈천패가 도망치기 급급한 겁쟁이가 두려워 물러서는 애송이로 보였느냐! 싸워라! 진정 네게 그럴 만한 힘이 있으면 싸워서 쟁취해 증명하거라! 그것이 무림의 법도이며, 세상의 법도이다!"

대갈한다.

송현은 이해할 수 없는 논리다.

하지만 그것이 혈천패가 살아온 삶이다. 그리고 혈천패가 속한 무림의 삶이다.

혈천패의 노호 속에 담긴 그 분노의 울림이 송현에게 고스란히 전해진다.

'이런 건 싫은데…….'

경지에 오르니 듣지 않아도 될 것도 들린다.

때문에 혈천패의 의지도 들었다.

어쩔 수 없다.

더는 멈출 수 없다.

송현은 남은 다섯 현 중 유현에 술대를 걸었다.

두 눈은 혈천패를 노려본다.

이것이 그가 원하는 결과와 과정이라면 어쩔 수 없다.

"용서하세요."

송현의 낮은 목소리는 혈천패에게 닿지 않았다.

팅—!

두 번째 현이 끊어졌다.

4장
물길을 타다

온몸에 피를 뒤집어쓴 혈천패는 무릎을 꿇고 있었다.

입에서는 허탈한 웃음이 흘러나왔다.

악양을 향해 나선 처음부터 끝까지 무엇 하나 그의 마음처럼 된 일이 없었다.

아니다.

처음부터였다. 생각해 보면 송현과 엮인 이후, 무엇 하나 그의 마음처럼 된 일이 없었다.

살아오면서 단 한 번도 없었던 일이다.

어쩌면 그 때문에 더욱 송현이란 존재에 대해 화가 나 있었는지도 모른다.

완전무결했던 그의 전력에 매번 먹칠한 송현이었으니까.

"아니, 아니지."

혈천패는 고개를 저었다.

머릿속에 떠도는 수많은 생각을 털어낸다.

진짜 이유는 따로 있었다.

처음 보는 순간부터 직감했었다.

"선경(仙境)을…… 엿보았느냐?"

물었다.

일단은 그의 입으로 확인하고 싶었다.

송현은 그런 혈천패를 내려다보고 있었다.

송현의 거문고의 여섯 줄 중 다섯 줄이 끊어져 있었다. 마지막 한 줄만 끊어버리면 혈천패는 죽는다.

"선경이 무엇인지는 모르겠습니다. 하지만, 당신이 말하는 것이 제가 생각하는 그것이라면……. 아직은 아닙니다. 아직은……."

"크큭! 크허허허허!"

혈천패는 파안대소를 터뜨렸다.

"그래! 그래서 그랬어! 이 눈을 두고도 네놈을 알아보지 못했구나! 강호의 정세고, 대계고 그건 중요한 것이 아니었거늘! 너야말로! 천주를……. 그래! 그것이 마음에 들지 않았던 것이야!"

은연중에 느꼈다.

지금은 몸으로 확인했다.

사람이라는 것이 참으로 어리석은 것이 꼭 단맛인지 쓴맛인지 확인해 봐야 깨닫는다. 그전엔 어설픈 아집과 선입견에 휩싸여 눈앞에 두고도 보지를 못한다.

송현의 몸 주위로 감도는 아니, 송현의 몸에 짙게 배어 마치 한 몸처럼 된 그것이 보였다.

'선기! 허허! 그래. 내 선기를 본 것이야……'

"과연 초야악선의 혈육이라더니……. 그래, 그래서였어!"

"초야… 악선?"

순간 송현의 표정이 바뀌었다.

초야악선.

송현의 할아버지다.

"할아버지를 알고 계십니까?"

"초야에 묻혀 산다고 한들 용이 뱀이 되더냐. 어찌 모를까. 그분이 어찌 그를 못 알아보았을까. 무공도 아닌 음으로 선계에 올라선 사람이니 어찌 관심을 두지 않았을까."

"……."

송현은 입을 꾹 다물었다.

무언가 깊게 생각에 빠진 표정이다.

하지만 혈천패는 웃었다.

이 이상 초야악선에 대해서 이야기하는 것은 그에게 허락되지 않은 일이었다.

아니, 애초에 이 이상 말을 할 수 있는 것도 없었다.

그의 존재만 알았을 뿐 직접 그와 마주한 적은 없었으니까.

"쉰 소리는 이만하세. 이제 약속을 지켜야 할 때인 것 같군.

알려준다고 했지? 네 아비를 죽인 흉수가 누구인지."

혈천패는 이초를 죽인 흉수를 밝히려 했다.

그에게 허락된 영역이 아니다.

이초를 죽인 흉수의 정체를 알게 된다면 송현은 강호로 나서려 할 것이다. 그것은 그의 주인. 천주가 원하는 것이 아니다.

그의 충실한 수하로 살아온 혈천패라면 더더욱 말해서는 안되는 일이다.

하지만 말하려 했다.

이제는 굳이 숨길 이유가 없어져 버렸다.

무림을 떠났던 수레바퀴가 다시 무림을 향해 돌아섰다. 설혹, 수레가 머물러 있으려 한들 무림이 수레를 끌어들일 것이다.

혈천패가 이곳에 온 그 순간부터 그것은 정해진 운명이다.

"네 아비를 죽인 흉수는……."

혈천패는 무겁게 입을 열었다.

그때.

"하지 마세요. 말하지 않으셔도 돼요."

송현이 혈천패의 말을 가로막았다.

"……"

그리고 입을 뻐끔거린다.

소리도 나지 않았다.

그런데도 신기한 것은 혈천패에게는 그 묵음의 뻐끔거림의 의미가 선명히 전해졌다.

"어, 어떻게!"

혈천패는 눈을 부릅떴다.

믿을 수 없었다.

송현의 입에서 나온 말.

그건 이초를 죽인 흉수의 이름이었다.

*   *   *

─끝내거라.

모든 대화를 마친 혈천패는 말했었다.

그리고 송현은.

그의 말을 따랐다.

거문고에 남은 마지막 한 줄마저 끊어버렸다.

자신이 베푸는 자비가 그에게는 모욕이 됨을 알기 때문이다.

그렇게 혈천패는 죽었다.

송현은 그를 위해 연주했다. 그를 위해 봉분을 만들었다.

그리고 그의 봉분에 앉아 하루를 보냈다.

해가 저물어간다.

붉은 노을이 꼭 핏빛이다.

그것이 꼭 혈천패를 떠올리게 한다.

그의 몸에 짙게 물든 혈향이 다시금 풍겨 오는 듯하다.

송현은 공허하게 중얼거렸다.

"어찌 알았느냐 하셨습니까?"

"……."

대답이 돌아올 리 없다.

송현도 안다.

송현이 뻐끔거리는 입을 본 혈천패가 그리 물었었다. 그의 얼굴에는 경악이 가득했다.

송현은 끝끝내 그 비밀을 알려주지 않았다. 혈천패도 더는 묻지 않았다.

그렇게 일단락되었던 질문이다.

하지만 지금 송현은 그 질문의 대답을 하려 했다.

"이렇게 시끄러운데 어찌 모르겠습니까. 이 산이 그렇게 이야기하는데……. 당신의 몸에 배어 함께 온 바람이, 당신의 몸에 물든 향기가 이렇게 시끄럽게 이야기하는데."

들리지 않는 것을 듣는다.

세상의 소리를 듣는다.

때론 그것은 예기치 않았던 사실들을 전해주고는 한다.

세상은 수다쟁이니까.

푼수처럼 숨길 말 숨기지 못할 말 구별 없이 모두 재잘거리니까.

"당신과 함께 온 이야기대로라면 무림은……."

말을 다 잇지 못했다.

혈천패의 몸에 실려온 이야기가 사실이라면, 상상도 하기 싫다. 또 얼마나 많은 이가 피를 흘려야 하고, 또 얼마나 많은 이가 소중한 것들을 잃어야 할지 짐작조차 되지 않는다.

그러나 걱정하지 말아야 한다.

이제는 무림을 떠나왔으니까.

무림의 일은 송현과는 전혀 다른 세상의 일일 뿐이었으니까.

하지만 걱정된다.

"이제는 걱정하지 말아야 하는데……."

걱정은 자꾸만 자라났다.

*   *   *

감숙 난주지방에 작은 문파가 하루아침에 멸문당했다.

살아 있는 것은 키우던 개까지 몰살당하는 참혹한 사건이었으나, 곧 관심은 시들해졌다.

흔한 일이라 할 수는 없었지만, 무림에서는 종종 있는 일이다.

더욱이 아무런 힘도 없는 소문파(小門派)가 아니던가.

사람들의 입에 오르내리기에는, 더욱이 그 소문이 감숙을 넘어 다른 성에 이르기에는 너무나 작은 문파의 비극이었다.

그 비극이 다시 사람들의 입에 오르내리기 시작한 것은 그로부터 사흘 뒤의 일이었다.

그 작은 소문파가 그동안 해온 온갖 악행이 드러나기 시작했다.

소문주는 힘없는 처자를 윤간하여 죽였고, 비밀리에 마공을 습득하여 이를 연성하기 위해 죄 없는 아이들을 희생시켰다.

그 밖에도 수 없는 악행들이 적나라하게 드러났다.

별 볼 일 없는 소문파에서 어찌 그리 많은 악행을 저질러 왔을까 의문스러울 만큼 악행은 시간이 지날수록 계속해서 드러났다.

그럼에도 의심할 수 없는 것은 부정할 수 없는 악행의 증좌가 드러나고 있었기 때문이다.

사흘 만에 드러난 충격적인 악행에 그 소문은 순식간에 감숙을 넘어 다른 성으로 번져갔다.

그리고 그로부터 이틀 뒤.

또다시 멸문을 맞이한 문파가 생겼다.

중견규모의 문파였다.

정도에 속한 문파로 인근에서는 인망 높은 문파로 소문이 자자한 곳이었다.

이번에는 소란이 있었다.

비록 대문파라 할 만한 곳은 아니었으나, 명망 높은 중견문파가 하루아침에 몰살당했다.

이번엔 사람들의 관심을 끌기에 충분했다.

하지만.

사람들의 관심이 쏠리기 시작한 때에 드러나기 시작하는

비리.

문파의 힘을 앞세워 힘없는 양민에게 강제로 고리대를 지운다. 그 빚을 갚을 길이 없는 양민들을 노예로 만든다. 여자는 기루에, 사내는 험한 광산에 팔아넘겨 합법적으로 이문을 챙긴다. 관리와 결탁하여 벌인 일이기에 뒷말조차 나오지 않는다.

그 밖에도 온갖 비리와 그 증거가 튀어나왔다.

한 달도 안 되는 사이에 벌어진 비슷한 일.

똑같이 문파가 하루아침에 멸문당하고, 멸문 이후 그들이 그동안 행해온 악행과 그 증거들이 낱낱이 공개된다.

그것이 시작이었다.

어느덧 감숙성에 자리 잡은 문파 중 대다수가 하루아침에 멸문당하는 일이 잦아졌다.

백성들은 무감각해져 갔다.

어차피 무림의 일이다. 그들에게 피해가 오는 것은 없다. 오히려, 그동안 무림 문파가 저질러온 악행들이 드러나면서부터는 지지하는 이들이 생기기 시작했다.

그렇게 사람들의 관심은 하루하루 사라져 가는 문파가 아닌, 하루아침에 그들을 멸문시킨 이들의 정체에 대해 관심을 보이기 시작했다.

그렇게 관심이 옮겨갈 때쯤 또 다른 사건이 터졌다.

감숙에 자리 잡은 육대세가 중 하나인 기린 오씨세가의 멸문이 그것이다.

죽은 만검추산 오장걸의 본가이기도 한 기련 오씨세가가 하루아침에 멸문당했다.

감숙의 무파를 멸문시키고 있는 이들의 힘이 기련 오씨세가의 전체 전력을 훨씬 웃돈다는 이야기다.

그리고 부서진 기련 오씨세가의 현판에 걸린 벽보.

강호엔 도의가 없고, 무림엔 정의가 없다.

죄 없는 희생자들은 늘어 가는데, 남은 것은 허위와 위선뿐이다.

이에 새로 강호를 재편하려 하니, 이는 사라진 도의와 정의를 찾기 위함이다.

—재천회(在天會).

기련 오씨세가를 멸문시킨 이들이 남긴 한 장의 벽보.

그것이 시작이었다.

그날부터 멸문당하기 시작하는 문파의 부서진 현판 위에는 스스로 재천회라 밝힌 이들의 벽보가 붙기 시작했다.

*　　　*　　　*

"재천회……."

송현은 먼 곳을 바라보았다.

산 아래는 재천회라는 신비 단체의 등장으로 시끄러운 듯했다.

온갖 추측이 난무한다.

그러나 결국 새로운 관심거리에 불과했다.

백성들에게는 그들과는 상관없는 이야기이기 때문이다.

오히려 환영하는 분위기이기도 했다.

무림 문파라는 허울 뒤에 숨겨져 있던 비리와 악행을 낱낱이 파헤치고 이를 심판하는 이들이다.

백성들은 감히 꿈도 꾸지 못할 일들을 그들은 너무나 간단히 해치우고 있었다.

무림 단체에 의해 알게 모르게 오랫동안 억압되어 있던 백성들이다. 그들에게 있어 재천회는 그들이 할 수 없는 일을 대신 해주는 대리자라는 느낌마저 주고 있었다.

일종의 대리만족이다.

그러나 송현은 안다.

지금은 무림의 변방에서 부는 바람이다. 하지만 그 바람은 언제고 무림의 중심부를 강타할 것이다.

하지만 그것 또한 송현과는 전혀 상관없는 세상의 일일 뿐이다.

무림을 떠나온 송현에게는 그러했다.

송현은 먼 곳에 두었던 시선을 거두었다.

새로 간 여섯 개의 현과 달리 울림통은 여기저기 갈라졌다.

그런 송현의 등 뒤로 온갖 악기가 보인다.

금, 북, 비파와 같이 흔한 것도 있었고, 물고기 모양을 본떠서 만든 악기인 어고(魚鼓)와 궁중에서나 찾아볼 법한 편경(編磬)

도 있었다.

하나같이 수십 년은 방치된 것처럼 낡고 헤진 모습이다.

마음을 담을 수 있는 악기를 찾기 위한 시도였다. 물론, 실패했다.

알아낸 것이라고는 악기의 크기와 마음을 담는 것은 아무런 연관이 없다는 것이 전부다.

잠시 거문고가 아닌 다른 악기를 연주했던 송현이 다시 거문고를 찾게 된 것은 당연한 일이었다.

악기를 연주하는 것은 어렵지 않으나, 그중에서 가장 자신에게 어울리는 것이 거문고임은 변하지 않은 사실이었으니까.

둥―

술대가 현을 뜯는다.

그 울림이 산의 높고 낮은 곳으로 번져갔다.

"어? 연주하시는 거예요?"

놀러 왔던 상아다.

한창 풀밭에서 장난치던 상아가 그 소리를 듣고 뛰어와 묻는다.

끄덕.

송현은 웃으며 작게 고개를 끄덕여주었다.

이 산의 유일한 청객은 그 대답에 배시시 웃으며 자리를 잡고 앉았다.

한껏 기대에 들뜬 모습이다.

뚜― 둥.

송현은 거문고를 연주했다.

울림통이 여기저기 갈라졌지만, 그래서 마음조차 제대로 담지 못하지만 그래도 상관없었다.

그저 즐길 뿐이다.

음에 마음을 담고 의식의 흐름과 음률의 흐름을 같이할 뿐이다.

그러면 즐거움이 찾아온다.

자유로워진다. 한계가 사라지고, 안에 삭힌 응어리가 풀어진다. 세상이 이야기하고, 그 세상의 이야기에 자신의 이야기를 더한다.

'나도 참 수다쟁이구나.'

입을 열어 말하지 않는다. 하지만 연주를 통해 이야기한다.

하루에도 몇 번씩.

불어오는 바람의 수다처럼, 송현도 수다를 떨어댄다.

송현은 스스로의 의식을 붙잡지 않았다.

애써 인위로 즐거움을 가로막을 이유도 없었다.

그렇게 얼마나 연주했을까.

송현의 표정이 한결 가벼워졌다.

그 가벼워진 마음을 안고 술대를 놓고 반개했던 눈을 떴다.

송현의 앞에 상아가 앉아 있었다.

"치!"

그런데 웬걸.

평소라면 활짝 웃으며 송현을 반겨주었을 상아가 뾰로통하게 볼을 부풀린다.

그 모습이 의아해 물었다.

"왜? 별로였어?"

"아니요. 좋았어요."

송현의 물음에 상아는 고개를 휘휘 저었다.

"그런데 왜 표정이 안 좋은 거야?"

그래서 다시 물었다.

좋았다고 했다. 그런데 왜 표정이 좋지 않았을까.

"그렇게 걱정되면 다녀오세요!"

"……."

갑작스런 상아의 말.

"무슨 소리야? 걱정되다니?"

"걱정된다면서요! 아주 노래를 해놓고는!"

"내가?"

송현은 눈을 깜빡였다.

연주하는 동안 노래는커녕 목소리 한 번 낸 적이 없다. 굳이 그럴 이유도, 필요도 없었다.

그런데 상아는 노래를 했다고 한다.

"네! 아저씨가요! 걱정된다! 걱정되는데? 괜찮을까? 괜찮겠지? 무사하겠지? 막 이렇게 노래했잖아요!"

"그, 그래?"

송현은 머리를 긁적였다.

확신에 찬 상아의 대답을 듣고 나니 거짓말은 아닌 것 같다.

하지만 아무리 기억을 되짚어 보아도 노래를 불렀던 기억은
없었다.

이상한 일이다.

'혹시……!'

문득 송현은 두 눈을 감았다.

흩어져 버린 음의 끝자락을 잡는다.

그 끝자락을 좇아 자신이 연주했던 음률을 좇았다.

"아!"

그리고 송현은 탄식 섞인 감탄을 터뜨렸다.

흩어진 음악의 끝자락을 좇아 들은 자신의 음률.

'나는 정말 노래를 불렀구나!'

그 끝에 정말 노랫소리가 담겨 있었다.

어스름이 새벽이 밝아 온다.

밤을 꼴딱 새워 버린 송현은 멍하니 마루 끝에 앉아 있었다.

노래를 부르지 않았다.

하지만 노래를 불렀다.

상아는 그것을 들었다.

애써 들으려 하지 않고, 굳이 듣지 않으려 하지도 않았다.
섣부른 선입관으로 귀를 막지도 않았다.

그래서 상아는 들을 수 있었다.

돌이켜 생각해 보면 광릉산보 속에서 처음 음악을 들었던
것도 상아였다.

그리고 어제 상아가 들었던 노랫소리는.

송현의 마음속에 숨겨진 진심이었다.

상아는 너무나 간단히 그 해답을 건넸다.

"그렇게 걱정되면 다녀오세요!"

상아가 한 말.

그 말이 정답이다.

두 눈으로 그들이 무사함을 확인하고 오면 그만이다. 그러면 이 걱정스러운 마음도 한결 수그러들 것이다.

그럼에도 밤을 꼬박 지새우면서 고민한 것은 두려움 때문이었다.

무엇에 대한 두려움일까.

송현은 그 두려움의 정체를 알지 못했다.

그저 막연한 두려움이다.

무엇 때문인지 딱 하나로 정의할 수 없는 두려움.

그 두려움 때문에 망설였다.

하지만 망설임은 언제나 해답이 될 수 없음을 안다.

송현은 방 안에서 새 거문고를 꺼냈다.

일전에 악양루에 들러 장서희에게 부탁해 마련한 거문고다.

또 괜히 망가뜨릴까 싶어 그동안 방 안에만 모셔두고 있던 거문고를 꺼낸 송현은 자리에서 일어났다.

탁.

마지막으로 문단속을 마치고.

산 아래를 향해 나아갔다.

무림으로.

아니, 무림맹으로 잠시 외유를 다녀올 생각이었다.

아주 짧은 외유를 말이다.

*　　　*　　　*

이른 새벽.

포구에는 새벽안개가 자욱했다.

늙은 어부는 전날 손질한 어망을 나룻배에 싣고 낚싯대를 정비했다.

"배를 좀 빌릴 수 있을까요?"

그런 어부의 등 뒤로 그림자가 드리워졌다.

한창 가득 찬 미끼통을 챙기던 어부는 고개를 들어 등 뒤를 바라보았다.

"어이쿠! 신선님! 여긴 어쩐 일이십니까!"

순박한 늙은 어부가 넙죽 바닥에 엎드린다.

마치 나랏님이라도 본 듯한 태도다.

"일어나세요. 그리고 신선이라니요. 저는 신선이 아니에요."

"아이고! 말이 되는 소리를 하십시오! 음으로다가 풍운조화를 제 손안에 장난감처럼 부리시는데 신선이 아니시라니요!"

"하, 하하!"

송현은 어색하게 웃었다.

자신은 신선이 아닌데 늙은 어부는 송현이 신선이라고 우긴다.

이 상황을 어떻게 해야 할지 좀처럼 생각이 나지 않았다.

그런 송현을 향해 늙은 어부가 물었다.

"한데……. 배를 빌리신다셨습니까?"

"예, 작은 나룻배 정도면 됩니다."

"기간은……?"

"사나흘이면 충분하지 않을까요?"

"사나흘이요? 어디를 가시는데 그러십니까?"

"무림맹이요."

송현이 웃으며 답했다.

그 말에 늙은 어부가 입을 크게 벌렸다.

"어이쿠! 사나흘로는 택도 없습니다! 이 늙은 몸뚱이로 쉬지 않고 노질을 한다고 해도 족히 이레는 종일 노질을 해야 도착할까 말까입니다."

택도 없다는 듯 손을 내젓는다.

평생을 배 위에서 살아온 늙은 어부에게는 그것은 너무나 허무맹랑한 소리일 뿐이다.

"걱정하지 마세요. 노는 제가 저을 테니까요."

"시, 신선님께서 노를 저으시겠단 말씀이십니까? 아이고! 안 됩니다. 노질이 보기에는 그냥 단순한 일인 것처럼 보이지만, 물에도 물길이라는 것이 있습니다요."

뱃일이 간단한 듯 보여도 마냥 간단하지만은 않다.

겉보기에는 그냥 다 같은 물이라 한들, 그 물에도 생로가 있고 사로가 있다. 윗물의 흐름이 다르고, 아랫물의 흐름이 다르다. 멀쩡히 잘 가던 배가 푹 하고 꼬꾸라지는 경우가 있는가 하면, 겉으로 보기에는 물살이 거센 험로로 보여도 배가 절로 나아가는 길도 있는 법이다.

호수가 아닌 강으로 나아가면 그 길은 더욱 복잡해지고 위험해진다.

오랜 경험으로 단련된 뱃사람이 아니고서야 그 길을 구별한다는 것은 결코 쉬운 일이 아니었다.

아무리 송현이 풍운조화를 마음대로 부리는 신선이라 해도 물질에 관한 일에서만큼은 결코 편을 들어줄 수 없는 것이 늙은 어부의 입장이었다.

만에 하나 송현이 물귀신이라도 된다면.

그 후환은 또 어찌 감당하란 말인가.

"아이고, 안 되겠습니다! 타십시오."

늙은 어부가 자신의 배에 타라고 한다.

"저는 그냥 혼자……."

"그러다 신선님이 물귀신이라도 되는 날에는 저 같은 늙은 이는 날벼락 맞아 죽습니다! 사나흘 안에는 안 되겠으나 어찌 열흘 안에는 당도할 자신이 있으니 일단 타시지요!"

"굳이 그러실 필요는 없습니다. 또 그렇게 되면 다녀오는 동안 일도 못하실 텐데…….”

"어차피 집에 가봐야 반겨줄 사람도 없습니다! 나중에 삯이나 두둑이 챙겨주시면 될 일이지 신선께선 무슨 걱정이 그리 많으십니까! 아! 뭐하십니까! 이 늙으니 기다리다 죽겠습니다!"

늙은 어부의 성화에 못이게 송현은 나룻배에 올랐다.

늙은 어부는 볕에 누런 치아를 드러내며 웃었다.

오랜 세월.

햇볕에 그을린 검은 피부와 달리 그의 웃음을 밝게 빛나고 있었다.

"이래 봬도 소싯적엔 이것보다 작은 배로도 물길을 오갔으니 염려 붙들어 매시지요."

촤학!

늙은 어부의 힘찬 노질에 나룻배가 나아갔다.

＊　　　＊　　　＊

끼익. 턱! 끼익. 턱!

노질을 시작한 늙은 어부의 얼굴은 진지했다. 잠시도 쉬지도 않고 물길을 타기 위해 계속 노질을 한다. 노쇠한 겉모습과 달리 노를 젓는 어부의 두 팔은 장정의 그것처럼 힘이 넘친다.

그을리고 주름진 이마 위로는 굵은 땀이 쉼 없이 흘러내렸다.

그런 어부를 바라보던 송현이 물었다.

"힘들지 않으십니까?"

"허허허! 세월 앞에는 장사가 없는 법이지요. 젊었을 적에는 사흘 밤낮 잠 한숨 안 자고 노질을 해도 지치는 법이 없었는데……. 저도 늙긴 늙었나 봅니다. 이제는 숨이 차서 못하겠습니다."

끼이익! 툭!

어부의 마지막 노질이 끝났다.

어부는 웃었다.

"이제 물길을 탔으니 한동안은 좀 쉴 수 있겠습니다."

"물이라도 한 잔 하세요."

송현은 그런 어부에게 물을 건넸다.

"허허허! 감사합니다. 이거 신선께서 주시는 물이라 그런지 참으로 답니다그려!"

어부는 너스레를 떨면서도 사양하지 않고 송현이 건네준 물을 받아 꿀떡꿀떡 잘도 들이켰다.

힘 넘치던 모습은 어디로 갔는지 몇 년은 훌쩍 늙어버린 모습이다.

"제대로 된 물길 위에 올라타는 일은 공으로 이루어지는 알이 아니지요. 처음에는 곱절은 더욱 힘을 쏟아야 합니다. 그렇게 쉼 없이 노를 젓다 보면 '탁!' 하고 손끝에 느낌이 전해지지요. '아! 이제 물길을 탔구나!' 하고 말입니다. 그러고 나면 이렇게 굳이 힘쓰지 않아도 저대로 알아서 길을 따라 나아가지요."

일평생 강과 배를 벗 삼아 살아온 어부다.

그에게 강은 친구였고, 삶의 수단이었다. 증오의 대상이기도 했고, 그럼에도 떠날 수 없는 애정의 대상이기도 했다.

그런 그가 강에서 얻은 깨달음이다.

"이 나이쯤 되니 새가 나는 것도 그렇다 보입니다. 땅에서 날아오를 때는 날개를 쉬는 법이 없지요. 혹여나 떨어질까 바삐 날개를 놀립니다. 그러다 저 높은 곳에 오르고 나면 굳이 날갯짓하지 않지요. 그저 두 날개를 활짝 펴고 불어오는 바람을 타고 흘러가지요. 어쩌면……. 이 세상만사가 모두 그와 같지 않을까 생각해 보곤 합니다."

물길을 타는 것이 그렇듯.

날아오르는 새의 날갯짓이 그렇듯.

세상만사 살아가는 이치가 그와 닮지 않았을까 생각해 본다.

소싯적에는 강을 오가는 배꾼으로, 늙어서는 호수를 벗 삼아 고기 잡아 풀칠하고 사는 어부가 되고 나니 그런 생각이 든다.

"뭐든 처음에는 꽁지가 빠지라 뛰어다녀야 합죠. 쉴 틈이 어디 있습니까. 쉬었다가는 당장 내가 저 물속의 물고기 밥이 될 판인데. 몸은 죽는다고 난리를 치고 정신은 나간 지 오래라도 일단은 무작정 발버둥 쳐야지요. 그러다가 정신을 차리고 보면 별것이 아니지요. 더는 발바닥에 땀나게 뛰어다니지 않아도 되고, 그래도 뭐……. 어찌어찌 굴러가지 무업니까. 그냥 흘러가는 대로 내버려 두면 되니 굳이 용쓸 필요도 없지요. 그러나……."

끼이이익! 탁!

어부가 하던 말을 멈추고 노를 잡아 저었다.

그 강한 노질에 자그마한 나룻배가 크게 기우뚱할 정도였다.

"만사가 그냥 풀린다고 방심했다가는 지금처럼 전혀 엉뚱한 갈림길로 빠질 수도 있습니다. 물길도, 인생사도 고약한 데가 있어서 마냥 잘 풀리는 것 같다가도 갈림길을 만들고, 언덕을 만들고 소용돌이를 만들어대니 말입니다. 가까이서 봤을 때는 가장 빠른 길이, 멀리서 보니 돌아가는 것이 더욱 빠른 길이기도 하고 온갖 세상 지랄 맞은 다 가져다 부어나서……."

끼이이이익! 탁!

또다시 노를 크게 젓는다.

배의 후미에 붙어 있는 긴 노는 배를 앞으로 나아가게 하는 용도인 동시에 배의 방향을 잡아주는 방향타와 같은 역할도 함께하고 있었다.

그 한 번의 휘저음에 나룻배는 크게 원을 그리며 방향을 비틀어 또다시 미끄러져 간다.

그리고 다시 노를 멈추고 이야기를 이어간다.

쉬지 않고 젓던 노질에 생긴 잠시의 짬을 이런 수다로 풀어가는 듯했다.

아니, 어쩌면 그냥 단순한 넋두리인지도 모른다.

생각해 보면 이때가 아니면 언제 풍류선인을 곁에 두고 넋 두리를 할 기회가 있을까.

'물길……'

하지만 송현은 늙은 어부가 별생각 없이 내뱉는 삶의 넋두리에 깊게 빠져 있었다.

은근히 묻어 있는 현묘함이 느껴진다.

그의 삶 속의 고락에서 직접 몸으로 부딪쳐 가며 체득한 요령이었으니까.

송현의 입가에 미소가 그려졌다.

"꼭 신선 같으시네요."

"네? 누가 말입니까?……. 저, 저 말입니까? 아이쿠! 그런 소리 하지 마십시오. 그냥저냥 세상에 치여 살다 나이만 먹은 늙은이가 신선은 무슨 신선입니까!"

빙그레 웃으며 자신을 바라보는 송현의 모습에 늙은 어부가 질색하고 손사래를 친다.

송현은 그 모습에도 웃었다.

자신의 말이 얼마나 현묘한 말인지 알지 못하는 어부.

강을 벗 삼아 살아가는 이들의 평범한 모습일 것이다.

그래서 더욱 좋았다.

"그래서요? 물길을 타는 데 가장 중요한 건 무엇인가요? 만약 물길을 잘못 들어서면요?"

"중요한 것이라……. 중요한 것은 역시 내가 어디로 가야 하는지 아는 것이지요. 물길을 잘못 들어선다고 다 끝난 건 아니지 않습니까. 뱃머리를 돌릴 기회는 몇 번씩 찾아옵니다. 하나, 가야 할 곳이 어딘지 잊으면 그것도 다 소용 없는 짓입니다."

끼이이이익! 탁!

어부가 다시 노를 저어 배의 방향을 틀었다.

"그렇군요."

송현은 웃으며 고개를 끄덕였다.

그리고 가만히 어부의 손을 떠난 노를 바라봤다.

처음에는 노를 저을 생각이 없었다.

음을 통해 풍운조화를 부리고, 물길을 움직일 생각이었다. 그렇게 하면 늦어도 나흘이 되면 무림맹에 도착할 수 있을 것이다.

하지만 지금은 마음이 바뀌었다.

송현은 노를 잡았다.

"제가 저어 봐도 될까요?"

"시, 신선께서요?"

갑작스러운 송현의 물음에 어부의 눈이 화등잔만큼 커졌다.

"전에도 말씀드렸다시피 노질이 그냥 옆에서 보는 것처럼 단순하지만은 않습니다요! 조금만 비틀어졌다가는……."

만류하려는 어부.

하지만 송현은 웃었다.

"옆에서 지도해 주시겠어요? 그러면 아무래도 낫지 않겠습니까. 부탁드립니다."

"끄응……!"

부탁한다는 송현의 말에 어부의 입에서 앓는 소리가 흘러나
왔다.

신선의 부탁을 받았으니 기분이 좋아야만 하건만, 그 부탁
이 뱃일에 관한 것이니 마냥 좋아할 수도 없는 노릇이다.

그렇다고 거절할 수도 없는 일.

"좋습니다. 하지만 제가 노를 달라고 할 때는 두말없이 건네
주셔야 합니다. 아시겠습니까?"

"물론이죠."

송현이 웃으며 고개를 끄덕였다.

그렇게 송현이 노를 잡았다.

"좌로 크게! 아주 크게 한 번 휘저어 주시면 됩니다요!"

어부의 말에 맞춰.

끼이이이이익! 턱!

송현이 노를 움직인다.

물길을 가르는 노의 비명이 길게 울려 퍼졌다.

5장
무림맹 입성(入城)

재천회의 등장.

하지만 무림맹은 지금 재천회의 등장에 관심을 쏟을 여력이 없었다.

육가를 대상으로 시작된 전쟁은 이제 겨우 초입에 들어갔을 뿐이다.

멀리서 보면 무림맹의 승승장구다.

하지만.

그 승승장구를 이루기 위해 생사의 전선에 뛰어든 무림맹의 무사들에게는 고된 강행군의 연속이었다.

그 속에서 유독 빛나는 존재가 있었다.

신풍대.

새로 창설된 무림맹주 직속 무력부대.

그들은 육대세가를 대상으로 한 전쟁에서 승패의 열쇠를 쥐고 있었다.

세상이 바뀌었다.

무림맹이 바뀌었다.

불과 며칠 전까지만 해도 사람들은 무림맹주 유건극이란 이름 뒤에는 천권호무대를 연상했다.

이젠 아니다.

이제 사람들은 맹주의 이름 뒤에 신풍대를 떠올린다.

그 변화는 당사자인 천권호무대와 천권호무대의 대주인 진우군이 더욱 절실히 느끼고 있었다.

"막아라! 절대 저들을 내리게 해서는 안 된다!"

하남 개봉.

육대세가 중 하나인 장가타의 터전이 자리 잡은 곳.

장가타의 편을 든 하남의 무림 문파는 모두 서협의 포구에 모여 상륙하는 무림맹의 세력을 저지하고 있었다.

장가타는 자신의 세가가 자리 잡은 개봉이 아닌 서협을 최전선(最前線)으로 잡은 것이다.

사실상 이번 한 번의 전투로 장가타와 무림맹의 싸움의 승패는 결정된 것이나 다름없다.

그렇기에 더욱 절박하고 더욱 처절할 수밖에 없는 싸움이다.

상륙하는 무림맹 무사들의 선두에는 천권호무대가 있었다.

선봉을 선다는 것은 위험과 가장 처음 맞선다는 의미이기도 했다.

천권호무대는 고전을 면치 못했다.

사실상 천권호무대를 제외한 상륙하는 무사들 대부분 무림맹에서도 외맹에 속하는 무사들이다.

길을 연다고 해도 압도적인 지원을 받기는 요원한 일이다.

오히려 위험은 가중되고, 중간에 허리라도 잘리는 날에는 적진 한가운데에 고립되기 딱 좋은 위치다.

그 속에서 천권호무대는 악전고투를 벌였다.

가진바 내력을 모두 쏟아붓고 숨은 턱 끝까지 차올랐다.

절강에서 왜구를 상대하던 것과는 전혀 다른 싸움이다. 체력이 떨어질수록 위험은 기하급수적으로 증가한다.

천권호무대원 들 중 누구 하나 멀쩡한 사람이 없다.

대주인 진우군조차 등을 사선으로 가르는 큰 상처를 입은 채 도를 휘두르고 있었다.

그렇게 얼마나 흘렀을까.

이제는 한 걸음조차 내딛기 어려워졌을 때다.

차자자자장!

병기와 병기가 부딪치는 요란스러운 소리가 새로 만들어졌다.

그리고.

"아아아악!"

비명 섞인 아우성이 터져 나왔다.

진우군은 들었던 도를 놓았다.

마치 폭풍이 휩쓸고 지나가는 듯했다.

백색의 무복을 입은 신풍대가 드디어 모습을 드러냈다.

천권호무대와 외맹 무사대가 안전을 확보하는 사이 배에서 내린 신풍대가 적을 몰아치기 시작한 것이다.

신풍대는 강했다.

상대가 누구든 가리지 않았다.

일합에 삼류무사의 목이 잘려 나갔다. 하남에 이름 높은 고수들을 처치하는 데에도 일합이면 충분하다.

압도적인 강함.

그 강함을 앞세운 신풍대의 백색 무복은 어느새 피에 물들어 붉게 변해갔다. 그럴수록 신풍대의 손에 쓰러져 가는 적의 숫자도 늘어갔다.

대체 어디서 어떤 수련을 거쳤기에 저런 힘을 발휘하는지 의문스러울 정도다.

학살이라 해도 좋을 정도다.

이후 무림맹 내맹 무사들까지 가세하면서는 그 승패는 이미 결정 난 것이나 다름없었다.

"신풍대! 신풍대!"

신풍대의 활약으로 얻은 대승이다.

무림맹의 무사들이 신풍대를 연호하는 것도 무리는 아니다.

"쳇! 왜 재주는 곰이 부리고 공은 엄한 놈이 받는 것이오?"

주찬이 투덜거렸다.

사실상 가장 위험한 임무를 담당했던 것은 천권호무대다.

하지만 공은 신풍대에게 돌아갔다.

가장 큰 전과를 올린 것이 신풍대였으니 어쩌면 당연한 일이었다.

"……."

다른 대원들은 말이 없었다.

저마다 개인의 병기를 점검하고 상처를 치료하는 일에만 몰두할 뿐이다.

공명을 탐하는 이들이 아니니 당연한 모습일지도 모른다.

하지만 분위기는 확실히 쳐져 있었다.

대주인 진우군이 그것을 알아차리지 못할 리 없었다.

그래서 주찬의 투덜거림이 더욱 아프게 찔러 들어왔다.

"주찬!"

진우군은 경고의 의미로 그의 이름을 불렀다.

"대주! 제가 없는 소리 한 것도 아니지 않습니까! 우리는 죽을 자리로 밀어놓고, 영웅 대접은 신풍대인지 혈풍대인지 하는 풋내기들이 받고 있지 않습니까. 맹주님도 그래요! 신풍대가 드러난 이후 우리는 줄곧 죽을 자리로 내미는 칼받이 신세이지 않습니까!"

그러나 오히려 그것이 촉매제가 되었다.

주찬은 그동안 속으로 쌓아왔던 불만을 한 번에 쏟아냈다.

"보십시오! 칼받이 일이 끝나니 우리는 다시 맹으로 복귀하라 하지 않습니까. 이제 빈껍데기만 남은 장가타는 신풍대가

정리할 것이고, 공도 신풍대가 다 차지하겠지요. 안 그렇습니까?'

"……."

진우군은 반박 할 수 없었다.

그것이 현재 천권호무대가 받은 명령이었으니까.

사지나 다름없는 곳에서 적과 맞서 무림맹 전력의 상륙을 지원하고, 그 뒤 다시 맹으로 복귀한다.

위험은 높으나 보상은 없는 임무들이다.

마치 일부로 천권호무대의 비중을 깎아내고 있다는 생각이 들 정도의 명령이다.

하지만 인정해서는 안 되는 일이기도 했다.

"같은 맹의 식구다. 누군가 공을 얻었다면 축하할 일이지."

"…대주는 속도 좋습니다!"

주찬은 더는 반발하지 않고 고개를 획 돌려 버렸다.

이 이상 입 아프게 말해봐야 소용없다는 것을 잘 아는 것이다.

그런 주찬의 반발에 진우군은 쓴웃음을 속으로 삼켜야만 했다.

'틀린 말은 아니지.'

맹주의 관심은 더 이상 천권호무대에 머물지 않았다.

맹주와 독대를 한 것도 근자에는 한 번도 없다. 이제는 군사부에서 내려오는 명령만 있을 뿐이다.

어려운 시기에도 계속되었던 맹주의 지원도 이제는 하나둘

끊겨 가고 있는 실정이다.

하지만 진우군은 그것을 씁쓸해할지언정 불만을 갖지는 않았다.

어차피 그들이 천권호무대에 남아 있는 이유는 어쭙잖은 명성 때문이 아니었으니까.

그런 진우군의 곁으로 누군가 지나갔다.

신풍대주 강산과 그의 부대장들이다.

진우군은 자리를 털고 일어섰다.

같은 무림맹의 식구다. 굳이 거리를 둘 필요는 없다. 아니, 같은 맹주의 직속이니 서로 이를 드러내고 으르렁거리는 것은 쓸데없는 감정 소모일 뿐이다.

"신풍대주."

진우군은 그를 불렀다.

"……"

신풍대주 강산이 가던 걸음을 멈추고 돌아서 진우군을 바라보았다.

내려 보는 눈빛.

한참이나 어린 신풍대주였건만 진우군을 바라보는 그의 시선은 마치 그의 아랫사람을 대하는 듯했다.

'착각일 뿐이다.'

진우군은 그것을 애써 자신의 착각이라 여겼다.

그리고 손을 내밀었다.

"적절한 순간에 지원해 줬다. 덕분에 피해를 줄일 수 있었다."

그를 칭찬한다.

"……."

하지만 돌아온 것은 냉담한 침묵이다.

"가지."

말없이 진우군이 내민 손을 응시하던 강산이 등을 돌려 버린다.

그를 따르던 부대주들도 강산의 뒤를 따른다.

"저 자식들이!"

이 광경을 지켜보고 있던 주찬이 발끈해서 자리를 박차고 일어났다.

"그만!"

진우군이 그런 주찬을 저지했다.

그리고 공허하게 내밀어진 손을 바라본다.

쓴웃음이 맺힌다.

하지만 그 쓴웃음보다 진한 의혹이 진우군의 두 눈에 맺혀 있었다.

'살기가…….'

살기.

가만히 자신을 바라보던 신풍대주의 두 눈에 담긴 것은 살기였다.

짙고 농밀한 살기다.

정파인 답지 않다.

정파인도 오랜 강호의 생활 속에 살기가 몸에 묻어나오게 마련이다.

하지만 신풍대주는 젊다.

그가 무림맹에 처음 모습을 드러내기 전까진 강호에서 어떠한 행적도 보이지 않았었다.

그런데도 그의 살기는 진우군 자신만큼이나 짙고 농밀했다.

그것이 자꾸만 진우군의 신경을 건드렸다.

하지만 진우군이 이내 고개를 저었다.

저들을 처음부터 만들고 육성한 것은 무림맹이다. 맹주의 명으로 행해진 일이고, 총군사 사마중걸이 이를 진두지휘했다.

괜한 의심일 뿐이다.

'착각이겠지.'

진우군은 그렇게 오랫동안 강호에서 쌓아온 자신의 감각을 애써 부정했다.

*　　　　*　　　　*

하루, 이틀.

고작 두 번 해가 뜨고 지기를 반복했을 뿐이다.

"허허! 신선은 과연 뭘 해도 다르긴 다른가 봅니다!"

그러나 늙은 어부는 혀를 내두를 수밖에 없었다.

촤아아아아! 탁! 촤아아! 탁!

노를 젓는 송현 때문이다.

불과 이틀이다.

그 이틀 동안 송현의 발전은 평생을 강 위에서 보낸 늙은 어부의 혀를 내두르게 할 정도였다.

물길을 보고 물길을 탄다.

뱃사람도 꼬박 일 년을 배 위에서 보내야 겨우 물길을 본다. 그런데 송현이 물길을 보는 데 걸린 시간은 겨우 반나절이 전부였다.

그것만으로도 놀라울 일이다.

하지만 늙은 어부의 놀라움은 거기서 그치지 않았다.

물길은 복잡하다.

작은 배일수록 그 복잡한 물길에 예민하게 반응해야 한다. 큰 배는 작은 물길을 무시하고 지나갈 수 있지만, 작은 배는 자그마한 물길에도 방향을 잃고 자칫 좌초될 수 있기 때문이다.

그런데 송현은 그것을 아무렇지 않게 해낸다.

겉으로 드러난 작은 물길뿐만 아니라 물속에 숨어 있는 물길까지 찾아낸다.

놀라움의 연속.

그중에서도 가장 어부를 놀라게 했던 것은 송현의 노질이었다.

강하다.

거친 물살을 견뎌내고 물길을 옮겨 탈 때에 송현이 보여주는 노질은 강하기 그지없었다.

그리고 섬세하다.

물길을 보는 것도 힘들지만, 그 물길에 올라서는 것도 쉬운 일이 아니다.

겉으로 보기에는 무작정 힘이 드는 일로만 보일지 몰라도, 실상은 전혀 달랐다.

노를 젓는 일은 섬세함을 요하는 일이다.

자칫 조금만 물길의 방향과 노의 방향이 어긋나면 멀쩡한 배가 뒤집어지는 건 순식간의 일이다.

실상 늙은 어부가 송현에게 노를 맡기는 일을 망설였던 이유도 그 섬세함 때문이었다.

송현은 그 섬세함을 너무나 쉽게 얻었다.

몇 마디 작은 조언 한두 번에 금세 이치를 깨달은 것이다.

늙은 어부가 평생을 걸쳐 얻은 요령을 너무나 간단히 습득했다.

'풍류선인이라시더니…….'

악기를 다루는 신선이라서 그런지도 몰랐다.

그래서 섬세함에 강한지도 모른다.

하지만 그럼에도 감탄과 동시에 분함이 밀려드는 것은 어쩔 수가 없었다.

'허허! 평생 헛살았군그려.'

촤아아아악! 탁!

송현이 다시 한 번 노를 저었다.

거친 물살을 가르고 새로운 물길 위에 배가 안착한다.

한데 이상한 것이 있다.

소리가 다르다.

늙은 어부가 노를 잡았을 때에도, 송현이 처음 노를 잡았을 때에도 노와 배에서는 삐거덕거리는 비명성이 터져 나왔었다.

하지만 이제는 그 소리가 들리지 않는다.

그저 경쾌하게 나아갈 뿐이다.

평생 뱃일로 살아온 늙은 어부도 감히 꿈꾸지 못하는 일이다.

괜히 허탈해진다.

평생을 해온 일이 누군가에게는 단 이틀 만에 쫓아올 수 있을 만한 일이라 생각하니 헛웃음이 흘러나온다.

"허허허! 과연 신선은 신선이십니다!"

헛헛한 마음에 웃음 지으며 말하는 늙은 어부다.

그 어부의 말에 송현은 웃으며 고개를 저었다.

"아닙니다. 곁에서 도와주시지 않았다면 영영 깨닫지 못했을 거예요. 정말 감사합니다."

"아이고! 이렇게 잘하시는데 감사는 무슨 감사입니까!"

"아니에요. 진심으로 감사해요."

송현은 거듭 감사하다는 말을 했다.

진심이다.

예기치 못한 곳에서 큰 깨달음을 얻었다.

촤아아악! 탁!

노를 저으면 배가 쭉 강물 위를 미끄러져 나간다. 흘러가는 물결을 비스듬히 비껴내고 원하는 물길에 몸을 내맡긴다.

어려운 일은 아니다.

불과 이틀 만에 가능하게 된 일이었으니까.

송현의 경지가 없었으면 불가능했을 일이다.

물길의 소리를 듣고 물길을 구별했다.

하지만.

그보다 중요한 것이 있었다.

발상(發想).

생각이다.

송현이 처음 배를 빌릴 때만 해도 그저 풍운조화를 부려 배를 움직일 생각밖에 없었다.

그것이 가능했고, 그것이 가장 쉬운 일이었으니까.

그랬다면 지금의 경험은 아마 영영하지 못했을 것이다.

그 경험을 겪게 해준 것이 늙은 어부다.

서투른 송현을 곁에서 지도해 준 늙은 어부의 공이다.

그 공을 통해 알게 되었다.

'나는 고집쟁이었구나.'

악사가 이상한 힘을 얻었다.

그것이 보통의 사람들의 상리와 맞지 않음을 알고 있었다. 무림의 상리와도 맞지 않다.

그리고 송현은 지금껏 그것을 그저 자신의 필요에 따라 막무가내로 휘둘러왔다.

흐르는 강물에 노를 저어보니 확실해졌다.

막무가내였다.

자신이 휘두르는 힘이 이치에 맞는지 맞지 않는지는 생각해 보지도 않았다.

그저 필요하니까 휘둘렀고, 그저 하고 싶으니까 했다.

그러다 보니 우격다짐이었을 뿐이다.

물길을 타고 흘러가는 배가 아닌, 물길을 멋대로 비틀고 바꾸어 나아가는 괴물에 불과했다.

힘이 있어도 힘을 쓸 줄을 몰랐던 것이다.

하지만 이제는 알았다.

힘을 어떻게 써야 하는지.

스스로를 되돌아보고 자신이 가진 힘을 어떻게 써야 하는지 알게 되었다.

콰악!

노를 잡은 송현의 손에 힘이 들어갔다.

"이제부터는 속도를 좀 더 내볼까 해요."

"지, 지금보다 더 빨리 말입니까?"

송현의 말에 늙은 어부가 황망한 시선으로 송현을 바라보았다.

송현이 노를 젓는 배는 매우 빨랐다.

조각배라고는 믿을 수 없을 만큼 빠르게 강 위를 미끄러져 간다.

쾌속선이라 해도 믿을 정도다.

한데 이것도 모자라 더 속도를 높인다고 한다.

배가 발이라도 달려서 스스로 헤엄이라도 치지 않는 한 있을 수 없는 일이다.

하지만 송현은 그저 씩 웃을 뿐이다.

"꽉 잡으세요!"

촤아아아악! 척!

노를 젓는다.

배는 지금까지와는 비교할 수 없는 속도로 강 위를 미끄러
져 나아가기 시작했다.

*　　　　　*　　　　　*

노을이 붉게 내려앉은 무림맹의 풍경은 고요했다.

항상 요란 법석한 외맹현도 무거운 고요 속에 깊게 침잠해
있었다.

느티나무 아래에 늙은 노부부가 서 있었다.

등 굽은 노파는 멍하니 하늘을 바라보다 이내 고개를 휘휘
저었다.

"가십시다."

"으응? 벌써?"

노파의 말에 바위에 엉덩이를 붙이고 앉아 있던 영감이 고
개를 들어 노파를 바라본다.

"여보 마누라! 이 여편네 정신 좀 보게! 장남이 아직 안 오지
않았는가. 우리집 기둥이 아직 안 왔는데 어찌 그냥 갈 생각을
다 해! 왜? 오늘 아침에 또 장가 안 간다고 한바탕한 것이야?"

노인이 피식 웃으며 농을 던진다.

그 농에 노파의 얼굴에 깊은 그늘이 드리웠다.

"영감······."

"한바탕했나 보오. 그래! 잘했어! 아, 사내놈의 자식이! 장남으로 태어나 누릴 것 다 누리고, 하고 싶다는 것 다 하게 해줬으면 얼른 결혼해서 대를 이을 생각을 해야지! 아! 안 그런가? 걱정하지 마시게. 내 혁필이 그놈 오거든 혼구녕을 내줄 테니까! 응? 그러니까 그만 마음 푸시게. 응?"

젊었을 적 토라진 부인을 달래던 것처럼.

노인은 늙은 노파의 엉덩이를 토닥거리며 마음 풀 것을 종용했다.

그럴수록 노파의 표정은 억장이 무너지는 듯했다.

주름진 두 눈에는 이슬이 맺혔다.

"아이고! 이 영감아! 대체 언제까지 그럴 거요. 죽은 혁필이가 어찌 온단 말이오!"

두 눈에 맺힌 이슬이 이내 빗물이 되었다.

주름을 타고 흘러내리는 눈물엔 깊은 설움과 회한이 담겨 있었다.

"혁필이 그놈이 맹주님께 반기를 들었다가 죽어나갔지 않았소. 그게 얼마나 되었다고 그새 또 잊고 이러시는 거요. 응?"

혁필은 두 노부부의 아들이다.

외맹현에 속한 무사이기도 했다. 또한, 육가의 압박을 이기지 못하고 맹주를 향해 반기를 들었던 이이기도 했다.

맹주를 향해 반기를 든 무사들 중 후환을 걱정하지 않아도 될 이들은 외맹현에 남아 머무는 것이 허락되었다.

죄인의 신분으로 살아가는 삶이다.

하지만 하나뿐인 아들을 이곳에서 잃은 그들이 갈 수 있는 곳이 있을 리 없었다.

한스럽지만 남았다.

죄인으로 눈칫밥 먹고사는 것도 참았다..

문제는 죽은 아들의 장례를 치른 다음부터 자꾸만 정신을 놓는 남편이었다.

늙은 남편은 아직도 자식이 살아 있다고 고집을 부리고 있었다.

때문에, 늘 오후만 되면 느티나무 그늘에 앉아 돌아오지 못할 아들을 기다린다. 그리고 해가 저물고도 마냥 그 자리에 앉아 아들을 기다리는 남편과 이렇게 전쟁을 치르는 것도 어느새 일상이 되어버렸다.

하지만 그때마다 찢어지는 심정만큼은 어쩔 수 없었다.

"이 여편네가! 예끼! 농이라도 그런 소리 말어! 맹주님이 어디 누구한테 욕먹으실 분이신가! 그리고 우리 혁필이도 무슨 원한이 있다고 맹주님께 반기를 들어! 반기를 들기를!"

노인이 말도 안 된다는 듯 펄쩍 뛰었다.

외맹현에서 맹주의 평판은 절대적이었다. 과거에도 그랬고 지금에도 그랬다. 누가 무어라 해도 외맹현에 그들이 살 수 있게 터를 내어주고 외맹 무사들을 챙겨준 건 무림맹주 유건극이었으니까.

그러니 더욱 믿지를 않는 것이다.

"오! 오네! 이것 봐! 금방 들킬 거짓말을 어찌 그리 입에 침도 안 바르고 잘해!"

노인이 노파에게 버럭 소리를 지른다.

그리고 굽은 몸을 이끌고 힘겹게 지팡이를 짚고 앞으로 나아갔다.

"아이고! 왜 이리 늦었어! 왜? 또 네 밑에 졸병들이 술이라도 먹자고 꼬드긴 거야? 그래! 그래! 잘했어! 사내라면 술이라도 좀 마시고 해야지! 한데? 어째 저번에 만난다는 처자는 얼굴 한번 안 보여주느냐?"

"아이고! 이 영감탱이가!"

그 모습에 노파가 대경질색을 하고 달려나갔다.

노인의 오락가락하는 정신에 외맹현으로 들어오는 남자를 붙잡고 아들인 양 이야기하고 있는 것이다.

하나도 닮지 않았는데 말이다.

붙잡힌 사내는 서른이 다 되어가는 아들놈과 달리 이제 겨우 약관이 넘은 듯한 나이였고, 날마다 수련이다 뭐다 얼굴이 시커멓게 타서 거칠어졌던 아들의 피부와 달리 붙잡힌 사내의 얼굴은 곱상하기만 했다.

그리고 무엇보다 항상 칼을 차고 돌아다니는 아들과 달리 그는 칼은 찾아볼 수도 없고 등 뒤에 큰 악기를 짊어지고 있는 모습이다.

아무리 정신이 오락가락할지라도 착각할 수 없는 외양이다.

"아이고! 죄송하오. 우리 영감이 요즘 정신이 오락가락해서……."

노파는 황급히 사내에게 양해를 구했다.

무림맹이다.

아무리 허리에 칼을 차지 않았다고 하더라도 무림맹을 방문한 손님이니 무림인일 가능성이 높았다.

혹시라도 기분이라도 상했다면 줄초상을 치룰 판이니 몸이 벌벌 떨릴 수밖에.

노파는 죄인마냥 고개를 조아렸다.

그런 노파의 귀로.

"아!"

붙잡힌 사내의 입에서 흘러나온 짧은 탄식이 들려왔다.

털썩.

그리고.

사내가 한쪽 무릎을 꿇고 앉았다.

곱상한 얼굴, 선한 눈매. 그와는 어울리지 않은 옹이진 손을 가지고 노인의 흐트러진 머리를 정돈해 준다.

그리고 나직이 말했다.

"늦었는데 왜 기다리셨어요. 저녁은요? 저녁은 드신 거예요?"

조곤조곤 흘러나오는 그 말이 따뜻하다.

"저녁은 예끼! 우리 아들이 안 왔는데 어찌 나 혼자 저녁을 먹을까! 어서 가자! 안 그래도 배고파 죽겠어! 오늘 네 어미가 맛난 것 많이 해뒀으니 빨리 가서 먹자! 아! 할멈은 뭐해! 이리 와!"

노인이 사내의 손을 꼭 잡는다.

그것도 모자라 망연하게 서 있는 노파의 손을 잡아 이끌었다.

늙은 몸 어디에서 힘이 났는지 힘이 장사다.

노파의 왜소한 몸이 절로 끌려갈 정도다.

"천천히 가요. 넘어지시겠어요."

그런 노부부의 뒤로 손이 잡힌 채 따라오는 사내가 말한다.

아들처럼.

죽은 아들이 이야기하는 것마냥 온정이 가득하다.

노파는 어찌 된 영문인지도 모른 채 두 눈이 뜨거워졌다.

＊   ＊   ＊

야심한 밤이다.

멀리서는 부엉이의 울음소리가 들려오는 밤이다.

덜컥.

방문을 열고 마당으로 나선 이는 송현이었다. 송현은 하늘을 올려다보았다.

하늘에는 별빛조차 비치지 않는다.

"…안녕히 계세요."

외맹현에 들어섰을 때.

송현은 자신의 손을 붙잡은 노인의 손을 뿌리치지 못했다. 그의 목소리에서, 그의 울림 속에서 들려오는 이야기 때문이었다.

가족을 잃은 아픔.

그 아픔 탓에 실성해 버린 아비.

그 아픔이 이초를 잃은 송현의 아픔과 닮아 있었다. 그래서 잠시 그의 아들이 되어주었다.

그가 내주는 저녁을 먹고, 그가 하는 횡설수설하는 이야기들을 가만히 들어주었다.

그렇게 그가 잠든 깊은 밤이 되어서야 송현은 송현이란 이름으로 돌아갈 채비를 갖출 수 있었다.

송현이 문밖으로 나서자.

노파가 송현의 뒤를 따라 나왔다.

"밤도 늦었는데 오늘은 예서 주무시고 내일 가시지……"

잠시 잠깐이었지만.

아들이 되어준 속 깊은 낯선 손님을 배웅하는 노파의 얼굴에도 깊은 아쉬움이 드리워졌다.

잠깐이었지만.

별다른 말도 하지 않았지만.

그저 선선히 그녀의 남편이 내보인 추태를 받아준 젊은 사내.

그녀는 그 짧은 시간에 송현에게서 죽은 아들의 온기를 엿보았다.

그래서 더욱 아쉽다.

영영 다시는 느끼지 못할 온기를 다시금 느꼈기에, 그리고 이제는 정말 영원히 느끼지 못할 것임을 알기에 그 아쉬움은 더욱 지독하게만 느껴졌다.

송현은 웃었다.

"확인해야 할 것이 있어서요."

"하면, 확인하고 나시면? 그땐 또 뵐 수 있는 것입니까?"

못내 아쉬운지 노파가 후일을 기약하려 한다.

하지만 송현은 고개를 내저었다.

"아마, 힘들 거예요."

이 이상은 안 된다.

이 이상 이 상처 많은 노부부와 가까워져서는 안 된다.

그건 노부부를 위해서였다.

그것은 알기에 송현은 무겁게 고개를 가로저었다.

"아쉬워서 어쩌나……."

노파가 눈물짓는다.

고작 오늘 처음 마주한 사이인데 어찌 이럴 수 있을까 싶을 만큼 노파가 송현에게 느낀 정은 깊었다.

송현은 애써 웃었다.

그리고 말했다.

"건강하세요."

그 뒤에 곧장 노부부의 집을 나섰다.

서두르는 기색을 숨겼으나, 송현은 서둘렀다. 지금쯤 뒤에서 멀거니 자신이 사라지는 모습을 끝까지 지켜보고 있을 노파의 모습을 두 눈으로 확인해 보고 싶었지만, 그러지 않았다.

대신 자신이 가야 할 길을 간다.

송현은 이제 무림맹 소속이 아니다. 외맹현과 달리 진짜 무림맹이라 할 수 있는 내맹으로 들어서는 일은 전과 같이 쉽지만은 않다. 이렇게 야심한 밤에는 더욱 그러했다.

하지만 걱정하지 않았다.

송현은 바람이 일러주는 대로 걸었다.

그렇게 얼마나 걸었을까.

송현의 발걸음은 어느덧 처음 외맹현에 들어서 노부부를 만났던 느티나무 아래로 향해 있었다.

우뚝.

송현이 걸음을 멈춘다.

슬픔의 붉은 실이 보인다. 하나둘이 아니다. 수십, 아니, 수백, 어쩌면 수천일지도 모른다. 그 붉은 실이 한데 뒤엉켜 거대한 실타래를 이루고 있다.

"……."

그 막연한 거대함에 송현은 입을 열지 못했다.

"허허! 외맹현에서 자네를 보았다는 이야기는 들었네만, 설마하였거늘……. 진짜였군그래! 오랜만이야."

그 실타래 속에서 목소리가 들려온다.

익숙한 목소리.

몇 번이나 접해 보았던 목소리다.

송현이 고개를 숙였다.

"오랜만에 뵙습니다, 맹주님."

6장
재회(再會)

樂
武
林

부엉이 우는 밤.

아직 새벽이 열리기까지는 요원하기만 하다.

맹주전에 단둘이 마주앉은 송현과 유건극은 한동안 말이 없었다.

"많이……. 변하신 모습이시군요."

송현이 어렵게 입을 열었다.

유건극은 전에 송현이 알던 그 모습이 아니었다.

"허허! 그런가? 달라진 것은 없다 생각했거늘, 자네 눈엔 그렇게 보이나 보군."

맹주가 웃는다.

"어쩌면 맹주님의 말이 맞을지도 모르겠습니다."

송현은 고개를 끄덕였다.

많이 변했다고 한 것도 송현이고, 전과 달라진 것이 없다는 맹주의 말에 동의한 것도 송현이다.

맹주의 겉모습은 변한 데가 없다.

전과 같은 모습이다. 길지 않은 시간은 맹주의 모습을 바꾸기에는 부족한 시간이었다.

그렇기에 고개를 끄덕인다.

하지만 송현의 눈에 비친 맹주는 처음과 분명 달라져 있었다.

'그저 알아보지 못한 것일 뿐.'

처음 맹주와 마주했을 때.

송현은 맹주에게서 어떠한 가락도 느낄 수 없었다. 하지만 지금은 아니다.

맹주에게서 가락이 느껴진다. 눈에 보이지 않는 막이 맹주를 감싸고 있는 듯 보였다. 그 투명한 막이 맹주의 가락을 숨기고 있었다. 그러나 이제 송현의 눈에는 보인다. 그 막을 뚫고 새어 나오는 작은 가락들을.

그렇게 본 맹주의 모습은 질릴 만큼 거대하다.

혈천패와 마주했을 때조차 느끼지 못했던 위압감이 느껴진다.

맹주는 송현이 알던 것보다 더욱 강하고 무서운 사람이다.

마치 세상이 오롯이 맹주를 중심으로 돌아가는 듯한 착각이 일 정도였으니까.

"무림을 떠나겠다고 말했다고 들었네. 한데, 여긴 무슨 일이지?"

맹주가 물었다.

"……."

송현은 쉽게 입을 열었다.

무슨 말을 어떻게 시작해야 할지 좀처럼 감이 오지 않는다.

한 마디를 꺼내면 그보다 많은 말이 실타래처럼 엮여 나올 것만 같다.

그래서는 안 된다.

아직은 그렇게 해서는 안 될 때이다.

한참을 고민하던 송현은 어렵게 입을 열었다.

"아버지를 보내고 깨달음을 얻었습니다."

우뚝.

애써 시작한 송현의 그 말에 맹주의 움직임이 멈칫했다.

맹주는 가만히 뚫어져라 송현을 응시했다.

"축하하네."

"감사합니다."

송현은 맹주의 몸짓 하나하나를 놓치지 않으면서도 꾸벅 고개를 숙였다.

맹주가 빙글 미소를 지었다.

"그래, 무엇을 얻었는가?"

"별것 아닙니다. 그냥 이야기를 듣게 되었습니다."

"이야기?"

"예, 바람이 실어다가 주는 이야기, 바위의 이야기, 풀잎의 속삭임, 나무의 이야기를 들을 수 있게 되었습니다. 단편적이지만요."

"단편적이나마 만물의 이야기를 들을 수 있게 되었다는 이야기로군. 허허! 기이하구나! 기이해! 자네가 얻은 것은 천이통(天耳通)이로군."

맹주는 감탄했다.

모든 것을 막힘없이 꿰뚫어 본다는 천안통(天眼通). 마음이 닿는 곳이라면 어디든 갈 수 있고, 변할 수 있다는 신족통(神足通). 마음을 꿰뚫어 보는 타심통(他心通). 전생을 보는 숙명통(宿命通). 번뇌를 끊어내고 세상 모든 이치를 얻는다는 누진통(漏盡通). 그리고 세상 모든 소리를 마음대로 들을 수 있다는 천이통(天耳通).

불가에서 이르는 육신통(六神通)이다.

송현이 얻었다고 하는 것은 그 육신통 중 천이통과 닮아 있었다.

놀라울 일이다.

맹주의 감탄에 송현은 고개를 저었다.

"아닙니다. 그저 단편적인 이야기를 들을 수 있을 뿐입니다."

"과례(過禮)는 비례(非禮)라고 했네. 지나친 겸손은 그치시게."

맹주는 그런 송현의 겸손이 지나치다고 하고 있었다.

그러다 문득 묻는다.

"궁금하군. 자네는 이 나의 몸에 묻은 이야기도 들을 수 있는가?"

장난 같은 물음이다.

하지만 송현의 대답을 기다리는 그 눈빛만큼은 선명하게 반짝이고 있었다.

송현은 고개를 저었다.

"들리지 않는군요. 아직 저의 능력은 여기까지인가 봅니다."

사실이다.

맹주의 몸에 묻은 이야기는 들을 수 없었다. 송현이 엿들을 수 있는 것은 미약하게 새어 나오는 가락이 전부다.

처음 외맹현에 도착했을 때 노부부의 목소리에서 그들의 아픈 이야기를 들었던 것과는 너무나 다른 모습이다.

그 이유가 맹주가 이룬 높은 경지 때문인지, 아니면 다른 무엇 때문인지는 아직 송현도 알지 못한다.

"아쉬우면서도 다행이다 싶군그래. 한데? 왜 굳이 그것을 내게 이야기하는 것이지? 이유가 있을 성싶은데?"

맹주가 웃으며 물었다.

"근자에 혈천패가 찾아왔습니다."

송현의 그 말에 맹주의 얼굴에서 웃음기가 사라졌다.

"어찌 되었는가?"

"싸웠습니다."

"자네가 무사한 것은 보았으니 알겠고, 혈천패는?"

"죽었습니다."

송현의 대답이 거듭 될수록 맹주의 얼굴은 더욱 무겁게 굳어갔다.

그러다 이내 감탄을 터뜨렸다.

"허! 대단하군! 이제 천외사천에는 자네의 이름이 올라가야 할 일이야!"

같은 천외사천이기에 혈천패의 강함을 잘 아는 유건극이다. 더욱이 유건극이 가장 경계한 이가 혈천패이지 않았던가.

그런 혈천패를 송현이 쓰러뜨렸다.

직접 듣고도 믿기 어려운 결과였다.

송현은 고개를 가로 저었다.

"아닙니다. 저는 무림에서 떠난 사람인 것을요."

"무림이 자넬 가만두지 않을 걸세."

"그래도 저는 악사로 남고 싶습니다."

"변했어! 자넨 그 짧은 시간에 참으로 많이 변했어. 오늘 나를 여러 번 놀라게 하는군."

송현은 부평초 같았다.

그가 무림맹에 들어온 순간, 송현은 스스로 악사로 남고자 했으나 무림인이 되었다. 아니, 무림인도 악사도 아닌 이가 되었다.

그것을 스스로 인지하면서도 어찌하지 못한 것이 송현이었다.

하지만 지금 송현은 다르다.

"혹, 혈천패가 무슨 말이라도 한 것인가?"

맹주는 재차 질문을 던졌다.

감탄하던 모습은 사라진 채 더없이 진지한 표정이다.

송현은 거짓말을 했다.

"아니요. 그는 아무 말도 하지 않았습니다. 다만."

아무 말도 하지 않았다고 했다. 하지만 그것은 거짓말이다. 혈천패는 말하려 했다. 그것을 가로막은 것은 송현이었을 뿐이다.

거짓말이지만 거짓말이 아니기도 한 대답이다.

하지만 맹주가 그것까지 알 리 만무했다.

그렇기에 맹주는 송현의 말끝에 남겨진 어미에 집중할 수 있었다.

"다만?"

맹주가 다음 말을 재촉한다.

그 재촉에 송현이 말했다.

"그의 몸에 묻어온 이야기를 들었습니다. 비록 단편적인 이야기들이었지만, 그 이야기대로라면 강호에 큰 피바람이 불 것 같았습니다."

"피바람이라……."

"예, 아마도 감숙의 재천회가 그 혈난의 중심이 될 것으로 생각합니다."

"재천회……. 그래. 그럴지도 모르겠군."

맹주는 고개를 주억거렸다.

갑작스러운 재천회의 등장.

그 냉혹한 손속과 다르게 그들은 명분을 가지고 움직인다. 그렇기에 그들은 정의다. 그리고 그 명분이 향한 곳은 무림이다.

혈풍(血風).

단편적으로 보여준 그들의 저력이라면 강호에 혈풍을 불러오기에 충분할 것이다.

무엇보다 혈천패가 이와 관계되어 있다면.

맹주는 깊은 생각에 빠진 듯했다.

"……."

송현은 말없이 그것을 기다렸다.

이 이야기를 가장 먼저 해주고 싶었다. 그래서 맹주를 찾았다. 미리 대비할 시간을 주기 위해. 그럼으로써 피해를 줄이기 위해.

그것은 송현의 걱정과도 연관된 일이었으니까.

그런데 이어진 맹주의 반응은 송현의 예상과 전혀 다른 방향이었다.

"혈천패의 몸에서 묻어온 이야기를 들었다면……. 혹, 그도 보았는가? 혈천패의 뒤에 버티고 선, 다가올 혈풍의 시작과 끝에 있는 자. 그 말일세."

부러 이야기하지 않았었다.

하지만 세상에 알려지지 않은 혈천패의 주인이란 존재를 맹주는 알고 있었다.

*   *   *

송현도 혈천패의 몸에서 묻어온 이야기들을 통해 어렴풋이 짐작했던 존재를 맹주는 확실히 인지하고 있었다.

맹주는 그 존재를 '그'라고 지칭했다.

그러면서 들려준 이야기는 송현에게는 커다란 충격이 되어 돌아왔다.

맹주는 그가 아주 오래전부터 존재해 왔다고 했다.

무림이 전성기에 접어들면 반드시 큰 전쟁이 일어난다. 그 전에 수백 년 동안 유실되었던 무공과 신병이 어느 날 갑자기 모습을 드러내고 혈사를 일으킨다. 또는 희대의 악인이 나타나 무림을 시산혈해로 뒤덮는다.

무림은 그렇게 힘을 잃었다.

반대로.

무림이 쇠락의 길을 걸을 때도 있었다.

그때에도 무언가 나타난다.

별 볼 일 없었던 무관에서 희대의 영웅이 탄생하고, 한 성을 호령하는 패자로, 명문문파로 거듭난다. 모든 무공을 잃고 쇠락의 길을 걷던 문파는 과거 영광스러웠던 시절의 무공을 되찾고 다시금 성세의 길을 걷는다.

그 속에서 무림은 쇠락의 길에서 돌아서서 다시 황금기를 향해 달려나간다.

그것이 무림의 역사다.

절대로 변하지 않을 역사의 수레바퀴처럼 반복되었다.

맹주는 그것이 단지 우연이 아니라 말했다.

송현은 그 말에 부정할 수 없었다.

우연이라고 하기에는 너무나 공교롭다.

수백 년 동안 누구 하나 익히지도 본 적도 없는 절세비급과 신병이기가 왜 하필 그 순간 갑자기 모습을 드러내었을까.

왜 하필 무림사에 남을 큰 전쟁은 항상 무림의 황금기에 시작되는 것일까.

그리고 그렇게 반복된 혈겁 속에 쇠락을 거듭하는 무림은 또다시 생성되고 번성하는 것일까.

어떻게 사라진 무공이 되돌아오고, 믿기지 않은 환경 속에서 새로운 영웅이 탄생하는 것일까.

원대에도 그랬다. 원은 무림을 허락하지 않았다. 그 앞에 무림은 쇠락해 갔다. 하지만 결국, 원을 무너뜨린 선봉에 섰던 것도 무림이다. 그리고 무림은 빠른 속도로 전성기를 회복했다.

원대에 유실된 무공의 대부분을 다시 복구하고 되찾았다.

의문을 품자면 끝이 없다.

맹주는 그 공교로운 우연의 일치가 누군가의 의도가 가미된 인위라 말하고 있었다.

그리고 그 모든 것의 뒤에 존재하는 자가 '그' 라고 말한다.

송현이 물었다.

"그렇다면 그는 왜 이런 일을 하는 것입니까?"

맹주가 웃으며 답했다.

"사육(飼育)일세. 그는 이 무림이란 사육장 속에서 우리를 사육하는 거야. 그렇기에 사육장이 감당할 수 없을 만큼 개체 수가 늘어나면 도축하는 것이고, 사육장이 무용해질 만큼 개체 수가 줄어들면 다시 늘리는 것이지."

그 순간 맹주의 얼굴에 웃음기가 사라졌다.

"이 무림에 발을 딛고 사는 우리는 '그'가 키우는 짐승일세. 스스로 사육당하는지도 알지 못한 채 도축당할 날만을 기다리는 가축이야."

*   *   *

타다다다닥!

유서린이 뛴다.

입가에 설렘 가득한 미소를 머금은 유서린은 행복해 보였다.

"저럴 때 보면 천상 여잔데 말이오. 안 그렇소?"

그 모습을 보던 주찬이 피식 웃으며 고개를 젓는다.

"우우우우!"

소구는 무엇이 좋은지 활짝 웃으며 고개를 끄덕여 맞장구를 친다.

"농담은 그만. 별도의 명령이 하달되기 전까지는 자유시간이다. 술은……. 금지다.”

“…알겠습니다.”

진우군의 한마디에 주찬이 울상이 되어서 고개를 끄덕였다.

대주의 명령이니 거부할 수도 없다.

그렇다고 모처럼 쉬는 날에 그 좋아하는 술을 마실 수 없다는 것은 주찬에게는 고문이나 다름없는 일이었다.

“우우우우!”

그런 주찬을 보고 소구가 무어라 말한다.

“응? 무슨 말이냐?”

물론 그 말뜻을 알아들을 주찬은 아니었다.

그제야 소구가 바닥에 무어라 글귀를 적었다.

송 악사님 만나러 가요!

“헤헤!”

활짝 웃는 소구.

그런 소구를 보는 주찬이 고개를 절레 저었다.

“아서라! 빙백봉이 가만히 있으시겠냐? 그 후환을 어떻게 감당하려고! 나는 됐다! 어차피 오늘만 날도 아니니까. 그리고 송 악사도 시커먼 남정네보다야 분내 나는 여인네가 더 반가울 게 아니야!”

“우…….”

주찬의 말에 소구가 어깨를 축 늘어뜨린다.

송현이 무림맹에 있음을 알았다.

그 소식을 들은 유서린은 곧장 달려나갔고, 소구도 내심 송현을 만날 기대로 부풀어 있었던 모양이다.

하지만 주찬의 말을 듣고 나니 그 말도 맞는 말이다.

실망한 마음에 그 큰 덩치로 풀죽은 강아지마냥 어깨를 늘어뜨리고 있는 모습이 우스꽝스럽기도 하고 불쌍하기도 하다.

"내일."

그때 문득 다른 목소리가 두 사람의 대화에 끼어들었다.

위전보다.

"예? 내일이라니? 무슨 말씀이시오?"

주찬이 묻자 위전보는 짧게 한마디를 더 붙인다.

"내일 보지."

유서린이 달려나간 것과 같은, 소구가 어깨를 늘어뜨린 것과 같은 이유도 아니다.

하지만 송현을 만나고 싶은 마음은 같다.

묻고 싶은 것이 많았다.

*　　　*　　　*

설렌 미소를 머금은 유서린은 자신이 어떻게 달려왔는지도 모를 정도였다.

신법을 익혔으면서도 신법을 펼칠 정신도 없었던 것만 보아도 유서린의 마음이 얼마나 설렘으로 가득 차 있는지 알 수 있는 단적인 예였다.

그렇게 송현이 머문다는 거처에 도착했을 때.

유서린의 걸음이 더뎌졌다.

그러다 이내 걸음을 멈추었다.

기쁨과 설렘으로 가득했던 얼굴에는 또 다른 감정이 깃들기 시작했다.

유서린은 혹여나 달려오는 동안 흐트러졌을까 머릿결을 가다듬었다. 임무에 땀 내음이 배었을까 걱정하고, 옷매무새가 흐트러졌을까 걱정했다.

그렇게 단장을 끝내고 나서야 다시 걸음을 옮긴다.

유서린이 막 송현의 방문 앞에 다 닿았을 무렵이다.

"흠!"

방 안에서 인기척이 들려왔다.

송현의 목소리다.

그 목소리 하나에 유서린의 심장은 두방망이질 쳤다.

마치 얼음물이라도 뒤집어쓴 듯 그대로 몸이 굳어버린다.

덜컥!

"오셨습니까? 유 소저?"

그리고 방문이 열리며 들려오는 송현의 목소리에는.

"저, 저는……. 죄송해요!"

지은 죄도 없이 도망쳐 버렸다.

유서린의 기척을 듣고 방문을 열었던 송현이 본 것은 멀리 달려나가는 유서린의 나풀거리는 검은 머릿결이 전부였다.

"피하실 줄은 몰랐는데……."

송현은 웃으며 머리를 긁적였다.

그러면서도 자리를 털고 일어난다.

유서린을 쫓아갈 작정이었다.

그녀가 남기고 간 울림이 전해주는 단편적인 이야기.

그녀는 두려워하고 있었다. 그렇기에 망설였고, 송현을 보기 위해 달려와 놓고는 도망쳐 버렸다.

그 마음을 안다.

그렇기에 웃을 수 있었고, 쫓아갈 생각을 할 수 있었다.

왜 굳이 그래야 할까.

"그냥."

그 해답은 간단했다.

그냥.

보고 싶으니까.

                    *   *   *

유서린은 도망자처럼 잘도 요리조리 송현을 피해 달아났다.

송현은 굳이 달리지 않았다.

그저 담담히 유서린의 뒤를 쫓는다.

그녀를 놓칠 걱정은 없었다. 그녀가 이 무림맹에 있는 이상.

그리고 이 무림맹에 머무는 바람이 그녀를 스쳐 지나가는 이상.

송현은 유서린이 어디에 있는지 안다.

항상.

언제나.

그렇게 난데없이 시작된 긴장감 없는 술래잡기는 해질 무렵이 되어서야 끝이 났다.

송현을 떨쳐낼 수 없음을 알았는지, 아니면 스스로 마음을 가다듬은 것인지 유서린은 호숫가에서 송현을 기다리고 있었다.

그녀를 본 순간 송현의 입에서는 웃음이 나왔다.

뱃속 깊은 곳에서 올라온 미소였다.

"왜 자꾸 피하시기만 하십니까."

"그, 그냥요."

유서린은 그런 송현의 웃음에 부끄러운 듯 얼굴을 붉히며 고개를 돌려 버렸다.

송현은 그런 유서린의 곁에 나란히 섰다.

"……."

조마조마한 듯 두방망이질 치는 유서린의 심장 소리가 송현의 귀에까지 선명히 전해진다.

'이런 건 좋구나.'

가끔 원치 않는 이야기를 듣는 것은 괴로운 일이었다.

하지만 덕분에 유서린의 빨라진 심장 소리를 들을 수 있으니 또 좋았다.

그래서 더욱 용기를 낼 수 있다.

그 용기를 빌려 말했다.

"보고 싶었습니다."

덜컥!

유서린은 마치 심장이 내려앉은 표정으로 송현을 바라다보았다.

갑작스러운 그 한마디가 가진 파괴력은 그만큼 거대했다.

유서린이 이내 고개를 푹 숙여 버린다.

귀에 들리지도 않을 만큼 작은 목소리로 답했다.

"저두요."

그 작은 목소리에 담긴 수줍음.

누가 그녀를 빙백봉이라 할까.

그 순간.

와락!

유서린이 송현의 품에 안겼다.

"저도 정말 보고 싶었어요!"

"고마워요."

그녀를 품에 안은 송현이 그녀의 귓가에 그렇게 속삭였다.

그녀가 떠나고.

산이 온통 텅 비어버린 것만 같았다.

시간이 지날수록 그녀에 대한 걱정이 커져갔고, 그녀를 보고 싶은 마음이 커져갔다.

그리고 이제야 그녀를 만났다.

그녀를 품에 안았다.

웃음이 나와야 한다.

하지만 송현은 웃지 못했다.

'아……!'

속에서 깊은 울림이 터져 나왔다.

그녀의 몸에 묻은 이야기.

그 이야기들이 그녀가 어찌해서 인사도 없이 송현을 떠나왔는지를 이야기해 주고 있었다.

홀로 속앓이 했을 유서린의 모습이 눈앞에 선히 그려졌다.

저물어가던 해는 끝내 어딘지 모를 서쪽 땅 아래로 사라졌다.

어느새 별이 떴고, 달이 떴다.

유서린과 나란히 호숫가에 앉은 송현은 시간이 대체 어떻게 흘러갔는지 몰랐다.

그냥 함께 앉아 있을 뿐인데 시간은 야속하게 훌쩍 지나가 버렸다.

유서린은 여러 이야기를 했다.

악양을 떠나 무림맹으로 돌아온 이후의 이야기들이다.

천권호무대에서 보인 그녀답지 않게, 송현과 함께 있을 때만큼은 유서린은 참 이야기하는 것을 좋아했다.

사실 송현에게는 필요 없는 이야기들이다.

이미 무림을 떠났다. 또한, 굳이 유서린의 입을 빌려 듣지 않아도 유서린의 몸에 묻은 이야기들이 절로 전해졌으니까.

그러나 송현은 유서린의 말을 가로막지 않았다.

가만히 듣는다.

입가엔 절로 미소가 번진다.

기분이 좋은 목소리다. 차가운 듯, 냉정한 듯하지만, 그 속에 온기가 담겨 있었다.

유서린의 목소리가 만들어내는 고저와 강약이 송현의 귀에는 마치 좋은 노랫소리처럼 감미롭기만 했다.

송현은 유서린의 이야기를 듣는 동시에, 그녀의 노래를 듣고 있었던 것이다.

그렇게 유서린의 이야기가 이어지던 찰나.

"···실은······."

유서린의 목소리에 망설임이 담긴다.

그 망설임에 송현은 재촉하지 않았다. 가만히 유서린의 눈을 바라보며 용기를 북돋아줄 뿐이다.

유서린이 말했다.

"악양에서 죽조도인을 만났어요. 그는 이 대인을 해한 흉수로 아버······. 맹주님을 지목했죠. 그래서 떠났어요. 겁이 났으니까요. 확인해야 했으니까요."

"그랬나요?"

송현은 그제야 나지막한 목소리로 반문했다.

알고 있는 사실이다.

하지만 그것이 유서린의 입을 통해 나오는 것은 다른 이야기다.

이 이야기를 하기 위해 유서린이 얼마나 큰 용기를 내야 했을지는 감히 상상도 가지 않는다.

용감한 여인이다.

전에도, 지금도.

"사실 송 악사님이 무림맹에 오신 걸 알면서도 도망친 것도 그 때문이었어요. 무서웠으니까요. 그냥……. 무서웠어요."

그녀는 고백했다.

자신이 왜 송현에게서 달아나려 했었는지를.

그리고 이야기한다.

"하지만 맹주님은 분명 스스로의 입으로 그 사실을 부정했어요. 저는 그 말을……."

말끝을 흐린다.

하지만 그 뒷말은 듣지 않아도 알 수 있었다.

그래서 이번만큼은 그녀의 말을 가로막았다.

포옥.

"앗!"

순간 송현이 유서린을 품에 안았다.

우람하지 않은 송현이지만 유서린을 품에 안기에는 충분했다.

송현의 가슴에 유서린의 얼굴이 파묻힌다.

놀란 유서린이 짧은 비명을 터뜨렸지만, 그녀는 송현의 품에서 빠져나오려 발버둥치지 않았다.

오히려.

꽈악.

두 팔을 둘러 송현의 허리를 꽉 끌어안았다.

'유 소저는 맹주님의 말을 믿었을 거야. 아니, 믿고 싶어 하셨을 거야.'

유서린은 맹주의 말을 믿고자 했을 것이다.

맹주를 믿는 마음이 커서일지도 모른다. 하지만 그만큼 송현을 생각하는 마음이 커서일 것이다.

"아세요?"

문득 송현이 물었다.

송현의 품에 안긴 유서린이 고개를 들고 송현의 두 눈을 응시했다.

"무엇을요?"

그 작은 눈 마주침에 송현의 입가에 미소가 짙어졌다.

"저는 혼자 있는 것에 익숙한 사람입니다. 자라온 환경이 저를 그렇게 만들었죠. 떠들썩하고 사람이 많은 곳은 오히려 불편한 곳이었어요."

담담히 이야기한다.

할아버지를 떠난 보낸 이후 송현은 줄곧 혼자였다.

외로움이란 언제나 떨쳐 버리고 싶은 것이지만, 또한 언제나 익숙한 편안함과 같은 것이었다.

"그런데 이상하죠? 유 소저가 떠난 날부터. 홀로 있다는 것이 어색해졌습니다. 가슴속 어딘가가 횅하니 구멍이 뚫려 버린 것만 같았어요. 시간이 지날수록 그 구멍은 커졌어요. 그리고 자꾸만 유 소저가 생각났습니다. 또 걱정되고 보고 싶었습니다. 외로움이란 것이 제게는 너무나 익숙한 것이라 여겼는데, 그래서 얼마든지 버틸 수 있을 것이라 여겼는데⋯⋯. 이제는 아니에요."

익숙한 것이 익숙하지 않은 것이 되어버렸다.

싫지만 견딜 수 있었던 것이, 이제는 견딜 수조차 없는 것이 되어버렸다.

그것은 유서린 때문이다.

"유 소저께서 저를 바꾸어 놓았습니다."

그 담담한 목소리에 다시금 빨리 뛰기 시작한 유서린의 심장 소리가 송현의 가슴을 두드린다.

꿀꺽.

송현은 마른침을 삼켰다.

그러면서도 끝까지 유서린을 향한 시선은 거두지 않는다.

"그래서 항상 함께 있고 싶습니다. 유 소저와."

"왜, 왜죠?"

유서린이 묻는다.

송현을 올려다보는 유서린의 동공이 떨린다.

마치 태풍 한가운데로 뛰어든 조각배처럼 그 떨림은 멈추질 않는다.

그녀의 물음에 송현은 답했다. .

"좋아하니까요. 제가 유 소저를 좋아하게 되었습니다."

고백이었다.

송현에게는 그것은 처음이었다.

처음으로 연심(聯心)을 품었고, 처음으로 그 마음을 고백했다.

유서린의 마음을 알고 있음에도, 그것은 망설여지고 떨리고 무서운 일이었다.

하지만 그 마음을 숨길 수 없음을 알기에 솔직히 이야기했다.

후회할지도 모르는 고백임을 알면서도 말이다.

*　　　　*　　　　*

첫 고백.

그 고백의 여파는 강렬했다.

송현은 한숨도 자지 못했다. 자꾸만 유서린의 앞에 섰던 자신의 모습이 떠올라서, 그리고 그런 자신을 바라보던 유서린의 얼굴이 떠올라서 잠을 잘 수가 없었다.

그렇게 송현은 새벽닭이 울 때까지 뜬 눈으로 밤을 보내야 했다.

그리고.

오전 나절.

송현은 천권호무대를 찾았다.

그들에게도 재천회의 존재에 대해 미리 언급하려 했다. 먼저 경각심을 갖게 하기 위함이었다.

그렇게 만든 자리.

그 자리에는 당연히 유서린도 함께 있었다.

그녀 또한 천권호무대의 일원이었으니까.

"……."

송현이 먼저 찾아와 자리를 만들어 놓았다. 그런데도 아무 말 없이 먼 곳만 본다.

그런 송현의 옆자리에 앉은 유서린 또한 마찬가지다.

어젯밤의 일로 두 사람 모두 어색한 것이다.

그 기묘한 기류를 가장 먼저 알아차린 것은 역시나 주찬이다.

"뭐요? 어제 둘이 무슨 일이라도 있었소?"

송현과 유서린을 번갈아 보다 툭 한마디 내뱉은 주찬의 질문.

화악!

그 질문에 송현과 유서린의 얼굴이 불탄 듯 붉게 달아올랐다.

폭 고개를 숙인다고 알아보지 못할 천권호무대가 아니다.

주찬의 입가에 씩 웃음이 맺혔다.

"맞네! 무슨 일 있었네! 무슨 일이오? 왜? 입이라도 맞춘 거요? 아니면……. 기냥 확! 응?"

신이 난 주찬이 음흉한 웃음을 지으며 캐묻는다.

"우우우!"

얌전하던 소구도 갑자기 눈을 반짝이며 달려들었다.

"아, 아닙니다! 절대! 절대 그런 일은 없었습니다!"

놀란 송현이 급히 손을 휘저었지만, 그것은 오히려 불난 집에 기름을 끼얹는 것이나 다름없는 행동이었다.

오랜만에 놀릴 거리가 생긴 주찬에게 있어 그런 송현의 격한 반응도 즐거운 놀림감에 불과했던 것이다.

"아니면 아니다 말하고 말 일이지 뭘 그리 호들갑이오? 예로부터 강한 부정은 강한 긍정이라 했는데…… 혹시?"

게슴츠레한 눈으로 송현과 유서린을 번갈아 보는 주찬.

송현은 그런 주찬의 모습에 벙어리 냉가슴 앓듯 한숨만 내쉴 뿐이었다.

그런 주찬의 짓궂은 장난을 멈추게 한 사람은 따로 있었다.

"이제 그만하시죠?"

차갑다 못해 한기가 뚝뚝 떨어지는 목소리.

그보다 더 얼음장 같은 시선.

유서린이었다.

"큼큼! 내 그냥 농담이었소! 농담! 그냥 분위기도 어색하고 한 듯해서 내가……."

그 말 한마디에 주찬이 움찔 어깨를 움츠린다.

주찬에게 송현은 편한 존재였으나, 반대로 주찬의 천적이야말로 유서린이 아니던가.

상황이 변했다고 해서 그 천적 관계가 바뀌는 것은 아니었다.

"그만!"

장난스럽던 분위기가 일단락되자 진우군이 나서 분위기를 환기시켰다.

진우군은 시선을 돌려 송현을 바라본다.

"할 말이 있는 듯했다. 그만 본론으로 들어가도록 하지."

송현이 먼저 찾아와 만들어진 자리다.

악양에서 무림맹까지.

이유 없이 찾아온 자리는 아닐 것이다.

단지 안부나 묻고자 온 자리였다면, 굳이 송현이 먼저 이렇게 천권호무대를 모두 불러 모으지도 않았을 것이다.

그런 진우군의 짐작은 틀리지 않았다.

"재천회라고 아십니까?"

진우군의 질문이 끝나기 무섭게 송현은 곧장 질문을 던졌다.

"재천회? 그거라면 알지 왜 모르겠소. 최근 그 재천회인지 뭐인지 하는 정체불명의 단체 때문에 감숙이 아주 떠들썩하다지 않소."

주찬이 아는 척을 하고 나섰다.

육대세가와의 전쟁 때문에 아무런 대응을 할 수 없는 무림맹이었지만, 그렇다고 관심의 끈을 놓은 것은 아니었다.

그 소식을 전해 듣는 것은 그리 어려운 일이 아니다.

주찬의 말에 송현이 고개를 끄덕였다.

그리고.

"그들을 조심하십시오."

무거운 목소리로 경고했다.

"……."

송현의 경고에 분위기는 갑자기 경직되었다.

천권호무대 전원은 송현이 왜 그런 말을 하는지조차 가늠이 가지 않는 모습이었다.

역시나.

가장 먼저 입을 연 이는 주찬이었다.

"그게 대체 무슨 뚱딴지같은 소리요? 재천회를 조심하라니? 무림맹이 재천회의 존재를 알면서도 묵과하는 것은 단지 육가와의 전쟁 때문만은 아니지 않소. 그놈들이 비록 하는 짓은 과격해도 그 행동에는 명분이 있었소! 그런데 우리가 그들을 왜?"

송현의 경고가 이해되지 않는 주찬이 빠르게 질문을 쏟아낸다.

그것은 다른 천권호무대원들 또한 마찬가지다.

심지어 그것은 유서린 또한 마찬가지다.

지금 송현의 경고를 믿는다는 것은 유서린이 그에게 가진 연정과는 전혀 다른 일이었다.

천권호무대를 대상으로 한 경고였기 때문이다.

'내가 너무 서둘렀구나.'

걱정에 마음이 앞섰다.

그 앞선 마음에 유건극에게 했던 설명은 건너뛰어 버리고 경고부터 해버렸다.

이해가 되지 않는 것은 당연했다.

아니, 이런 반응이 정상이다.

유건극에게 했던 것과 같은 설명을 했다고 한들, 쉬 믿기 어려운 이야기일 것이다.

그럼에도 송현은 이야기했다.

깨달음을 얻은 이야기부터 시작해서 혈천패와 다시 만난 이야기. 그와 겨루고, 그 과정에서 알아낸 진실들.

무엇 하나 숨기지 않았다.

"……."

숨기는 것 없는 송현의 설명에 침묵이 찾아왔다.

송현의 깨달음부터가 그들의 상리에서는 도저히 가늠이 되지 않는 것이었다.

하물며, 그것을 통해 전해 들은 이야기라니.

역시, 송현의 예상처럼 그들은 쉬 믿는 기색이 아니었다.

"…정리하지."

그 침묵을 깬 것은 진우군이었다.

"네 말을 종합해 보면 이렇다. 혈천패가 어딘가에 소속되어 있다. 그리고 재천회도 혈천패와 같은 곳에 소속되었다. 너는 혈천패를 통해 그 사실을 전해 들었고. 맞나?"

"예."

"믿기 어려운 이야기다. 하지만 믿지. 그러나 그렇다고 한들 재천회를 경계해야 할 이유는 아직 모르겠군. 재천회는 지금껏 명분이 없는 살육은 저지르지 않았다. 맹과 대립각을 세우지도 않았지."

혈천패와 재천회가 연관되었다고 하면 충분히 위협적이라 생각할 수도 있었다.

하지만 그것은 그것이고 이것은 이것이다.

지금껏 보인 재천회의 행보는 오히려 정파의 그것과 닮아 있었다.

명분을 앞세우고, 그 뒤 무력을 행사한다.

무엇보다 무림맹과 대립하는 모습을 보인 적도 없다.

오히려 육가 중 하나인 기련 오씨세가를 멸문시켰으니 아군이라 보아도 좋을 정도다.

송현은 그런 진우군의 지적에 답했다.

"그들이 원하는 것은 무림맹이니까요. 이 무림맹을 지우고, 강호의 세력을 재편하려는 것이 저들의 목적입니다."

"장담할 수 있나?"

"적어도 제가 들은 이야기는 그랬습니다."

"그렇군."

흔들림 없는 송현의 대답에 진우군이 고개를 끄덕인다.

꿀꺽!

송현은 마른침을 삼켰다.

이제 자신의 말을 믿을지 말지에 대한 결정은 온전히 진우군에게 있었다.

그것은 그가 천권호무대의 대주이기 때문이다.

"원하는 것은 무엇이지? 우리가 어떻게 하길 바라나?"

진우군은 송현의 이야기를 믿는다 믿지 않는다 이야기하지 않았다.

그러나 그것만으로도 송현은 희망을 보았다.

진우군의 물음에 송현의 대답은 망설임없이 답했다.

"원하는 것은 없습니다. 그저 천권호무대에 희생이 없길 바랄 뿐입니다."

진심이 가득한 송현의 대답.

하지만 진우군의 두 눈은 오히려 깊게 가라앉았다.

"도망치는 한이 있더라도 말인가?"

묻는다.

그러나 송현은 안다.

그 물음이 얼마나 위험한 질문인지를.

일 년을 조금 넘는 길지 않은 시간 동안 무림이란 세상 속에 살았던 송현도 알 수 있는 것이었다.

무림인은 적을 앞에 두고 도망치는 것을 가장 큰 치욕이라 여기며 살아가는 이들이다.

무림은.

그런 무림인이 살아가는 세상이다.

그러나 송현은 거짓말을 하지 않았다.

"예, 그래야만 피해를 피할 수 있다면 그렇게 해주십시오."

단어 하나하나에 힘을 주어 또박또박 말한다.

"송 악사!"

"송 악사님!"

"우어!"

그 대답에 대번에 반발이 돌아왔다.

오히려 지금껏 송현에게 호의적인 태도를 보여왔던 주찬과 소구, 유서린이 가장 크게 목소리를 높인다.

아무리 송현이라도 그 말만큼은 용납할 수 없다는 것이다.

그렇기에 그들은 무림인이다.

하지만 송현은 이제 무림에 살지 않는다.

그렇기에 망설이지 않았다.

"그렇게 해서 여러분이 무사할 수 있다면……. 저는 몇 번이고 그렇게 해달라 부탁할 것입니다."

아니, 무림 송현이 무림에 적을 두었다고 한들 몇 번이고 말할 것이다.

"저는 여러분이 다치고 희생되길 원치 않습니다."

무림에 있든, 무림에 있지 않든.

그 마음은 똑같았다.

7장
바둑

樂武林

결국, 설득하지 못했다.

"위험이 없는 것은 없다. 지금 육가와의 싸움에서도 우리는 항상 부상의 위험을 안은 채 임하지. 어쩌면 죽을지도 모른다. 안다. 그것을 알고서 하는 일이다. 재천회가 무엇이든, 그들이 가진 힘이 무엇이든 상관없다. 우리는 무인이고, 천권호무대다. 싸우라 하면 싸운다. 그것이 우리의 일이다."

송현은 진우군의 그 말에 반박할 수 없었다.
그들은 무인이다.
알고 있었던 것이다.

송현의 말은 오히려 모욕일 뿐이다. 진우군도 다른 천권호무대의 대원들도 매우 화내지 않은 것만으로도 다행이라 여겨야 했다.

하지만 아쉽다.

그 아쉬움에 송현은 한동안 무림맹에 머물며 그들을 설득하려 했다.

그러던 사이 보았다.

장가타를 정리하고 돌아오는 신풍대의 모습을.

무림맹 무사들의 환호를 받으며 맹으로 들어서는 신풍대는 마치 전쟁에서 승리한 개선 행렬과도 같은 모습이었다.

하지만 그들을 보는 순간.

송현은 그들의 몸에 묻은 진득한 무언가를 느끼고 있었다.

익숙한 기운.

하지만 무림맹에서는 결코 느껴서는 안 될 기운이었다.

송현은 그 불안감을 애써 짓눌렀다.

천권호무대를 설득하는 일에 더욱 열을 올렸던 것도 그때부터다. 진심이 닿기를 원했다.

하지만 끝끝내 천권호무대는 설득할 수 없었다.

송현이 더 이상 무림맹에 남아 있을 이유는 사라져 버린 것이다.

다음 날 떠날 마음을 먹었다.

그리고 늦은 저녁 악양으로 돌아갈 채비를 갖추고 있었다.

그때 손님이 방문했다.

"맹주님!"

찾아온 손님은 무림맹주 유건극이다.

그는 놀란 송현의 반응에 웃으며 말했다.

"바둑은 둘 줄 아는가?"

궁에서 성장하면서 송현은 바둑을 배웠었다. 잘 두는 것은 아니다. 그저 덧없이 지지 않을 정도다.

바둑에 흥미를 가진 것도 아니었고, 단지 교양으로 배운 것이니 그것만으로도 충분하다 여겼다.

하지만 그렇게 가벼운 마음으로 배운 바둑에도 송현의 성격이 묻어 나온다.

탁.

갑작스러운 맹주의 방문으로 시작된 바둑.

송현은 돌을 놓았다.

이따금 크게 나아가지만, 송현의 바둑은 공격적이거나 변칙적인 것과는 거리가 멀었다. 조금씩 자신의 기반을 단단히 다지며 서서히 세력을 키워간다. 작은 돌 하나도 쉽게 버리는 법이 없다.

탁!

그에 반해 맹주의 바둑은 과감했다.

크게 벌린다. 각각으로 떨어진 것처럼 보였으나 수가 더해 갈수록 하나의 큰 그림으로 완성된다. 공격적으로 나아가고, 상황이 여의치 않으면 망설임없이 패를 버린다.

한 바둑판 위에 전혀 다른 성격의 바둑이 한데 엉켜 전쟁을
벌이고 있다.

'음!'

막 송현이 돌을 둘 차례였다.

송현은 속으로 신음을 삼켰다.

맹주를 중심으로 기막이 펼쳐지고 있었다. 송현과 맹주를
둘러싼 기막으로 인해 송현은 어느새 바깥세상의 소리와 안의
소리가 만들어내는 이질감을 느끼고 있었다.

둔해지고, 무뎌진다.

탁.

돌을 놓은 송현이 맹주를 바라보았다.

맹주가 펼친 기막의 이유를 듣기 위함이다.

"흠……. 이번엔 좀 어렵겠어."

하지만 맹주는 모른 척 엄살을 떨고는 송현의 진형 깊은 곳
으로 바둑돌을 찔러 놓았다.

송현의 진을 흔들기 위한 한 수다.

그리고.

"내일 떠난다고?"

맹주가 송현을 바라보며 묻는다.

장난기가 사라진 맹주의 눈빛은 송현의 어깨를 무겁게 내리
눌렀다.

"아셨습니까?"

"알다마다. 여긴 무림맹일세. 그리고 나는 이 무림맹의 주

인이지. 자네가 천권호무대를 설득하려 했던 것까지 모두 알고 있네."

당연한 일이다.

맹에 머무는 눈이 몇 개인데 맹주가 그 사실을 모를까.

송현은 담담히 고개를 끄덕였다.

"결국, 설득하지 못했습니다. 더는 머물 이유가 없으니 이제 가려 합니다."

"허허! 그렇지. 무림에 사는 사람들은 그런 것일세. 자네는 처음부터 무림과는 어울리지 않는 사람이었어."

"그런가요?"

송현은 쓰게 웃었다.

유건극의 말이 맞았다. 송현과 무림은 너무나 어울리지 않는 곳이다. 하지만 그렇다고 전혀 상관없는 곳도 아니다. 이미 무림에 들어왔었기 때문이다.

무림에서 연을 맺었으니 이제 전혀 상관없는 곳은 아니게 되어버렸다.

그래서 이번에도 무림맹을 찾아오지 않았던가.

"눈 감고, 귀 막고, 입 막고……. 그렇게 살게."

맹주의 충고가 무겁다.

송현은 애써 숨을 크게 삼키며 그 무거운 무게를 털어내 버렸다.

그리고 이번엔 송현이 먼저 입을 열었다.

"신풍대를 보았습니다. 그리고 저는 그들에게서 무림맹에

선 들어서는 안 될 소리를 들었습니다."

"소리?"

"예, 맹주님과도, 천권호무대와도 다른 소리였습니다. 아! 맹주님께는 기운이라 표현하는 것이 맞겠지요. 그건……. 인건왕과 혈천패에게서 느꼈던 것과 같은 종류의 기운이었습니다."

"…사공(邪功), 마공(魔功)을 뜻하는가?"

"예, 맞습니다. 어찌 된 일인가요?"

"……."

직설적인 물음.

어차피 맹주가 펼쳐둔 기막 때문에 외부에서는 이 대화를 듣지 못한다.

그렇기에 망설일 이유도 없었다.

맹주는 한참을 말없이 송현을 바라보다 작게 미소를 머금었다.

"사공도, 마공도 아니야. 정파의 정공일세."

"하지만!"

"사람들은 그렇게 알 걸세. 또 그렇게 믿을 것이고. 자네는 내가 누구라 생각하는가? 또, 여긴 어디라 생각하는가?"

맹주의 물음.

송현의 눈동자가 흔들렸다.

"이곳이 무림맹이기 때문에……. 맹주님이 이곳의 주인이기 때문이란 말씀이십니까?"

송현의 질문.

그 질문에 맹주는 웃었다.

"허허! 언제까지 말만 할 텐가? 아직 수가 생각나지 않았나?"

그리고 대답하지 않았다.

하지만 그것으로도 충분했다. 부정하지 않는다.

그 행동은 송현의 짐작이 틀리지 않았음을 간접적으로 답해주고 있었다.

맹주는 평생 사마의 세력과 싸워온 사람이다. 그런 그가 사마의 무공을 그의 직속 수하들에게 익히게 했으리라 생각하는 사람은 없다. 또한, 이곳은 무림맹이다.

무림맹을 대표하는 신풍대가 사마공을 익혔다. 그 사실을 믿어줄 사람도 없고, 설혹 믿는 이가 있다고 한들 무림맹이 나서서 그 의심을 덮어버릴 것이다.

그것이 가능한 곳이다.

이곳은.

가능한 사람이다.

무림맹주 유건극은.

탁!

송현은 바둑돌을 놓았다.

송현의 그 한 수에 진 안으로 뛰어들었던 맹주의 바둑돌이 잡혔다.

"이런. 아쉽게 되었군."

탁.

맹주는 아쉽다는 말고 함께 또다시 돌을 놓았다.

이번에도 송현의 진형 깊은 곳이다.

그리고 말한다.

"아주 어렸을 때야. 열 살 때였던가? 그때 나의 가문은 대단했었지. 중원을 호령할 정도는 되지 못했으나, 한 지역의 패자를 자처하기에는 모자람이 없을 정도였어. 아니, 였었다고 하는 말이 맞겠군. 아무튼 그래서인지 본가는 컸네. 남아도는 방도 많았지. 열 살의 나이에 나는 오래전부터 비어 있던 방에 남겨진 오래된 화로에서 비급을 발견했네. 숯 더미 속에 파묻혀 있더군."

갑작스런 맹주의 과거 이야기다.

그 이야기가 왜 갑자기 튀어나왔는지는 쉽게 가늠을 할 수가 없다.

탁.

송현은 자신의 진형에 뛰어든 맹주의 돌을 포위하면서도 맹주를 향한 시선을 놓치지 않았다.

"그래서 어찌 되었습니까?"

"어찌 되긴. 익혔지. 그 비급은 본가에서 오래전에 잃어버린 무공이 담겨 있더군. 그것이 지금 이 나의 무공이야. 저 절강의 꼬마 아이를 무림맹주로 만들어줄 만큼 대단한 무공이지. 아무튼 그건 제법 나와 잘 맞았어. 금방금방 익혔지. 하지만 행운도 있으면 불행도 있는 법! 오 년 뒤, 덕청유가는 독시궁의 공격에 하루아침에 몰락해 버렸어. 나는 도망치는 것이 고작이었고. 복수를 하고 싶었네. 독시궁을 이 땅에서 지워 버리고 싶어서."

"그렇게 하시지 않으셨습니까."

유건극은 독시궁뿐만 아니라 사천성과 백마신궁까지 중원에서 지워 버렸다.

맹주는 결국 자신이 원하는 것을 이루었다.

"그래, 그랬지."

맹주는 고개를 끄덕였다.

그러면서도 돌을 놓는 것을 잃지 않았다. 그때부터 두 사람은 대화를 나누는 동시에 본격적으로 수를 나누기 시작했다.

"그리고 제법 많은 것을 알게 되었지. 이 강호가 어떻게 돌아가는지, 내가 얻은 그 비급은 어떻게 그곳에 있었는지 의문을 갖기 시작했었거든. 하지만 깨달은 것은 '그'에 대한 존재만은 아니야."

"무엇입니까?"

송현이 물었다.

"대의를 얻는 법."

맹주가 답했다.

한 점 흔들림 없는 신념에 가득 찬 그 음성.

맹주는 그런 송현을 두고 이야기했다.

"선은 없네. 대의 또한 선은 아니야. 결국, 사람들이 선이라 하기에 선이고, 많은 이가 그것이 선이라 믿기 때문에 대의일 뿐이지."

맹주의 행보가 항상 옳았던 것은 아니다.

항상 옳았다면 누구도 피 흘리지 않고, 누구도 눈물 흘리지 말아야 한다.

하지만 사람들은 언제나 그를 정의의 인물로 기억한다.

"내가 이 자리에 있는 한, 그리고 승리하는 한!"

그가 맹주의 자리에 있는 한.

그리고 그가 힘을 잃지 않는 한.

"대의는 나에게 있고, 선은 언제나 나에게 있네. 설혹, 그것이 거짓된 대의와 선일지라도 말이야."

그는 언제나 선이고 대의다.

그가 그렇게 만들 것이다.

"……."

송현은 그 광오한 말에 공포를 느꼈다.

송현의 눈에 비친 무림맹주는 괴물의 그것이었다.

돌을 놓는 송현의 손이 떨린다.

마음속의 인 격랑은 쉬 잠들지 않고 더욱 거칠게 휘몰아쳤다.

'이래서 기막을 펼친 것이구나!'

직감했다.

맹주는 처음부터 이 말을 하려 했다.

그래서 송현을 제외한 누구도 자신의 말을 듣지 못하게 하려 한 것이다.

송현의 입술이 떨렸다.

하나, 그것은 공포 때문이 아니다.

"…아버지는, 무림을 떠난 분이셨습니다. 그분과의 우정을 배신한 것은 무엇 때문입니까!"

말해 버렸다.

처음부터 알고 있었다.

이초는 말하지 않았으나, 송현은 알았다.

산이, 나무가, 꽃잎이 모두 이야기해 주었다. 그들은 수다쟁이니까.

또한, 이 무림맹에 와서 그것을 확인했다.

맹주의 몸에 묻은 것들은 어떠한 이야기도 해주지 않았지만, 무림맹엔 맹주만 있는 것이 아니었다.

다른 사람들도 있다.

그리고 그 다른 사람들은 또다시 자기들끼리 만나고 스치기를 반복한다.

"왜 아버지의 심장에 검을 꽂으신 것입니까?"

송현이 물었다.

나직했으나 그 물음은 사나웠다.

그럼에도 맹주는 태연하기만 하다. 아무런 죄책감도, 심리적인 변화도 없는 듯했다.

그는 말했다.

"모든 것이 끝나면 나는 북궁정에게 이 자리를 주려 했네. 그는 나와 달리 비겁한 위선자가 아니었으니까. 이 정도무림을 유지해 나갈 그릇이 되었으니까. 하나, 이 형은 아니었어."

"……."

송현은 말없이 맹주를 노려보기만 했다.

지금 맹주의 사설 따위는 귀에 들어오지도 않았다.

송현이 궁금한 것.

왜 금분세수를 하고 무림을 떠난 이초를 죽였는지에 대한 이유뿐이었다.

"하지만 내가 가장 무서워한 것은 이 형이었네. 이 형은 정 파무림을 이끌 사람이 아니야. 하지만 우습게도 이 형은 스스로 빛나는 사람이었지. 어디를 가든, 어느 자리에 있든 이 형은 항상 빛이나. 그 빛에 무지몽매한 이들이 불꽃에 덤벼드는 부 나방처럼 달라붙지. 나는 힘겹게 발버둥 치고 위선으로 포장 해야 하는 것들을 이 형은 그러지 않아도 얻을 수 있었네."

"단지 그 때문에……!"

"그래서 이 형의 부인을 죽이고, 그 자식을 죽였지. 하나, 그 래서 이 형을 죽인 것은 아니야."

죽은 이초의 아들을 죽인 것도 맹주다.

송현은 그 또한 알고 있었다.

하지만 아직 유건극이 무슨 이유로 이초를 죽였는지는 듣지 못했다.

더 이상 참지 못한 송현이 소리를 높였다.

"그럼 무엇 때문에……!"

"자네 때문일세."

맹주의 그 말.

그 말이 송현을 얼어붙게 하였다.

이초의 부인을 죽인 것은 이초를 무림에서 떠나게 하기 위함이었다. 이초의 아들은 이초가 다시 세상 밖으로 나오지 못하게 하기 위해 죽였다.

더불어 이초의 아들이 얻었다는 광릉산보의 온전한 깨달음이 이초에게 옮겨지지 못하게 하기 위해서였다.

그 깨달음을 얻은 이초는 맹주가 어찌할 수 있는 선을 넘을 만큼 강력해질 테니까.

하지만 이초가 죽은 것은 송현 때문이다.

송현은 눈을 깜빡였다.

귀를 의심했다. 평생 동안 스스로의 귀를 의심해 본 적이 있을까 싶었지만, 지금은 분명 귀를 의심하고 있었다.

"저…… 때문이었습니까?"

"나는 이 형을 두려워했네. 하지만 이 형의 자식은 두렵지 않았어. 광릉산의 진의를 얻었다고 한들 말이야. 자네 또한 처음엔 두렵지 않았네. 한데, 이내 두려워지더군. 자넨, 이 형과 너무 다르면서도 너무 닮았어. 그리고 광릉산보를 얻었지."

송현이 무림맹에서 보낸 시간은 길다고 할 수 없었다.

고작, 일 년 남짓이었으니까.

하지만 그 길지 않은 시간 동안 송현은 스스로 빛을 내고 있었다.

홀로 인견왕을 잡았다. 혈천패의 암수를 떨쳐냈고, 왜군을 물리쳤다. 왜구의 수장을 잡은 것 또한 송현이다.

사람들의 관심은 송현에게 몰려들었다.

그리고 송현은 그 관심을 호감으로, 또 자신의 편으로 만들어내는 능력을 갖고 있었다.

맹주의 직속기관인 천권호무대조차 어느 순간부터 송현을 중심에 놓기 시작했으니까 말이다.

"나는 자네가 강호를 떠나길 원했네. 이 자리는 적어도 '그'를 만나기 전까지 내 것이어야 했으니까. 그래야만 나는 '그'를 만날 수 있을 테니까. 그래서 나는……."

화악!

순간 기막이 사라졌다.

"말하지 마십시오!"

그리고 송현은 소리쳤다.

하지만 맹주는 무심했다.

"그래서 나는 이 형을 죽였네. 그렇게 하면 자네는 무림을 떠날 것이니까."

"……."

침묵이 감돈다.

발작적으로 소리쳤던 송현은 입을 열지 못했다.

고개를 돌린다.

벌컥!

닫힌 문이 갑자기 열렸다.

맹주가 기운을 쏘아 닫혔던 문을 열어젖힌 것이다. 허공섭

물과 같은 묘리가 담긴 한 수다.

송현은 그 한 수에 감탄할 정신이 없었다.

열린 문.

"유 소저……."

그곳에 유서린이 있었다.

온몸의 핏기가 사라진 얼굴로, 마치 죽은 사람과 같은 낯빛으로 그곳에 얼어붙어 있었다.

걱정되었다.

뜨겁게 타오르던 분노가 유서린에 대한 걱정으로 덮여져 버렸다.

송현은 급히 자리를 일어서려 했다.

"유 소저, 이건……."

저벅. 저벅.

유서린은 뒷걸음질쳤다.

"죄, 죄송해요."

그리고 몸을 돌려 달아나 버렸다.

들은 것이다.

유건극이 이초를 죽였다는 사실을.

화륵!

유서린으로 인해 잠시 멈칫했던 분노가 타올랐다. 송현은 마치 불의 화신과 같이 푸른 불길에 휩싸였다.

드드드득!

송현의 분노에 방 안이, 아니, 건물 전체가 묘한 진동을 일으

키며 떨리고 있었다.

"당신!"

그 분노가 맹주를 향한다.

하지만 맹주는 앉아 있는 자세 그대로였다. 다만, 고개를 들어 송현의 눈을 마주 볼 뿐이다.

그리고 웃었다.

"자신 있나? 자네가 이 자리에서 나를 해하려 든다면 어떤 일이 생기는지 모르지 않을 텐데? 자네는 맹주를 암살하려 한 흉수가 되는 걸세. 내가 죽으면 이 무림맹도 뿔뿔이 흩어지겠지. 자네는 홀로 '그'를 맞이해야 할 거야. 그렇지 않으면 자네가 지키려 하는 이들조차 희생당할 테니까. 그중엔 내 딸도 있겠군."

'지독한!'

지독한 질문이다.

맹주는 지금 인질을 두고 협박하고 있는 것이었다.

이 무림맹에 살고 있는 이들, 무림에 살고 있는 이들을 인질로 삼아 송현의 몸을 옭아매고 있었다.

그 인질 중에는 천권호무대의 대원들과, 송현이 연심을 품은 유서린도 포함되어 있었다.

지독한 포박이다.

오랜 세월 '그'와 맞설 준비를 해온 맹주가 아닌 송현이 그를 상대한다.

위험하다. 가능성은 희박했다.

무림맹의 힘을 등에 업은 유건극과 달리 송현은 아무런 힘이 되어줄 것도 가지고 있지 않았다.

탁.

맹주가 돌을 놓았다.

"이번엔 내가 이긴 것 같군."

바둑판 위.

송현의 돌과 맹주의 돌이 어지럽게 얽혀 있었다.

단단했던 송현의 진형은 어지럽게 부서져 있었고, 맹주는 송현의 안팎으로 단단히 옭아매고 있었다.

해법은 보이지 않았다.

"허허."

맹주는 웃었다.

기운 없는 웃음이다.

"정말 죽을 뻔했어."

너스레를 떤다.

그러나 그 너스레가 마냥 거짓말은 아니었다.

드드득. 드드득.

송현이 떠나갔지만, 송현이 남긴 분노의 잔상에 집이 울린다.

지독한 울림이다.

그 울림이 자신에게 왔다면 감당할 수 있었을까.

맹주도 이것만큼은 확신할 수 없었다. 송현의 능력은 맹주의 상리를 벗어난 것이었으니까.

"당신은 정말 무서운 사람입니다. 목적을 위해서라면 무엇이든 버릴 수 있는 사람이지요. 하지만 나약한 사람입니다. 무엇이든 버릴 수 있기에, 무엇도 온전히 당신의 것이 아니니까요."

송현이 남기고 간 말이다.

맹주의 시선은 바둑판을 향했다.

바둑돌이 어지럽게 흐트러져 있었다. 떠나기 전 송현은 바둑판을 툭 하고 가볍게 치고 지나갔었다.

의도한 것일까.

어지럽게 흐트러진 바둑판 위에 맹주의 바둑돌은 얼마 남아 있지 않았다.

여기저기 흩어져 있었기에 가볍게 치고 지나간 충격에도 이기지 못하고 바둑판 밖으로 떨어져 나간 것이다. 그나마 남은 것도 송현의 바둑돌 틈바구니에 섞인 채일 뿐이다.

그에 반해 송현의 바둑돌은 크게 변한 것이 없다.

애초에 하나로 뭉쳐져 진을 단단히 이루는 바둑을 두었던 송현이었으니, 자그마한 충격에 그 많은 바둑돌이 떨어져 내릴 리는 없었다.

이상한 일이다.

바둑은 이겼는데, 그 마음이 마냥 이긴 것 같지만은 않다.

흐트러진 바둑판을 바라보면 바라볼수록 송현의 노한 눈빛이 더욱 선명하게 떠올랐다.

더불어 송현이 남기고 간 악담도 떠올랐다.

흔한 일이다. 악담도, 저주도. 옳은 일을 하였을 때도 들었고, 옳지 않은 일을 하였을 때도 들었다.

이제는 그저 대수롭지 않은 것이다.

하지만.

송현이 남긴 악담만큼은 자꾸만 가슴을 서늘하게 만들었다.

"무림맹의 주인은 당신입니다. 하지만 이 큰 무림맹에서도 당신은 혼자입니다. 마지막까지 당신은 혼자일 것입니다. 당신의 사람은 이미 당신이 버렸으니까요."

마지막까지 혼자일 것이다.

섬뜩한 경고는 아직도 귓가에 선명하게 울린다.

"홀로 고고하고 싶은가? 청렴하고 깨끗해지고 싶나? 그럼 그렇게 살아가게! 자네는 무엇도 지킬 수 없을 걸세. 바꿀 수도 없어. 자네는 항상 깨끗하고자 하니 말이야. 청렴하고 깨끗한 것은 아무것도 하지 않는 자의 것이네. 아무것도 하지 않는 자는 무엇도 지킬 수도, 바꿀 수도 없지. 지키려거든, 바꾸려거든 똥물을 뒤집어쓰고 진창에서 발버둥 치게나."

송현이 맹주에게 독설을 날렸듯.

맹주 또한 송현에게 독설을 아끼지 않았다.

본색을 드러낸 유건극의 혀는 신랄하고 날카로웠다.

무림과 어울리지 않는, 무림을 떠나려 하는.

그러면서도 무림을 바꾸고 싶어 하고, 무림에 사는 소중한 이들을 지키고자 하는 송현을 비판했다.

틀린 말은 아니다.

"아무것도 묻히지 않고, 변하지 않고 지킬 수 있는 세상이었다면, 애초에 창칼은 생겨나지도 않았을 것이네."

맹주가 던진 마지막 그 말이 더욱 가슴을 무겁게 찍어 눌렀다.

어쩌면 맞는 말인지 모른다.

그래서 유건극이 이초의 심장에 칼을 꽂아 넣은 흉수임을 알면서도 그를 죽이지 못한 것인지도 모른다.

그가 죽으면.

이 무림은. 이 무림에 살아가는 소중한 이들은 지킬 수 없으니까.

그래서 그를 향해 분노를 쏟아내지 못했다.

그의 뒤에 숨은 이들을 외면한 채 나올 수밖에 없었다.

맹주를 뒤로하고 나선 송현의 등에는 거문고가 들려 있었다.

해가 뜨거든 무림맹을 떠나려 했지만, 이제는 그 마음을 바꾸었다.

한시라도 빨리 맹을 떠나고 싶어졌다.

그러지 못하면 그땐 정말 맹주를 향한 분노를 막지 못할 것만 같았다.

그럼에도 송현이 곧장 맹을 떠나지 못한 것은 유서린 때문이었다.

의도적인 맹주의 행동.

맹주는 의도적으로 기막을 쳐서 송현의 감각을 무디게 만들었다.

유서린이 방문 앞까지 접근할 때까지 알 수 없도록.

그리고 유서린과 송현의 연을 끊기 위해서.

그 교활한 술수에 당한 것에 분노했지만, 그보다 상처받았을 유서린에 대한 걱정이 컸다.

유서린은 도망쳤지만, 송현은 그녀를 찾는 데 어려움이 없었다.

그녀가 어디에 있든.

같은 공기를 마시고, 같은 공간 안에 있다면 그곳이 어디든 찾아 갈 수 있었다.

유서린은 송현이 마음을 고백했던 그 호수에 있었다.

유서린의 어깨가 들썩인다.

등 돌린 그녀의 얼굴에서 무언가 떨어져 내렸다.

달빛에 반짝이는 그것.

눈물이다.

"……."

송현은 숨이 턱 하고 막히는 듯한 답답함을 느꼈다.

가슴이 먹먹하고. 갈기갈기 찢어진다.

"유 소저……."

송현은 어렵게 그녀를 불렀다.

그녀가 움찔한다.

기척을 숨기지 않은 송현이었지만, 그녀는 송현이 다가오는 것조차 느끼지 못하고 있었던 듯했다.

"다가오지 말아주세요."

그녀가 서둘러 소리쳤다.

여전히 송현을 등진 모습 그대로다.

멈칫.

송현은 더는 그녀를 향해 다가서던 걸음을 계속할 수 없었다.

그녀의 목소리에 전해지는 울림. 감정.

야속하게도 송현은 그것을 막지 못했다. 그 감정과 울림을 고스란히 받아내야 했다.

그래서 더욱 슬프고, 더욱 다가설 수 없었다.

그녀는 말했다.

"죄송해요! 정말……. 정말 죄송해요! 송 악사님께……."

차마 말을 잇지 못한다.

잠시 멈췄던 어깨가 더욱 거세게 들썩인다.

그녀의 눈물이 바닥으로 하염없이 떨어져 내린다.

"울지… 마세요."

그 모습이 너무나 안쓰럽다.

당장에라도 달려가 안아주고 싶었다. 슬퍼하지 말라고, 상처받지 말라고 말해주고 싶었다.

하지만 선뜻 용기가 나지 않는다.

그 일은 마음을 고백했던 그날의 용기보다, 더 많은 용기를 요구하고 있었다.

"믿었어요. 믿고 싶어서, 너무 믿고 싶어서 그래서 믿었어요. 얼마나 바보 같았을까요. 얼마나 미련해 보였을까요."

유서린은 원망하고 있었다.

그녀의 아버지인 유건극을, 그리고 스스로를.

그녀가 물었다.

"송 악사님은……. 알고……. 계셨나요?"

"예."

송현은 답했다.

거짓말을 할 수 없었다.

상처받은 그녀의 등이 송현에게 거짓말을 허락하지 않았다.

"그랬……. 군요."

유서린의 어깨가 더욱 처진다.

"하지만 진심이었습니다. 좋아합니다. 그 마음은……."

"알아요. 송 악사님이 진심이었다는걸요. 하지만……. 저는……. 죄송해요. 죄송해요."

거듭 죄송하다고 한다.

송현은 더는 참을 수 없었다.

마음을 고백했던 때보다 더 많은 용기가 필요했지만, 송현은 그 용기를 냈다.

다시 다가선다.

그녀를 안아주고 싶었다. 위로하고 싶었다.

아니, 지금 이 순간도 그녀가 좋다.

"다가오지 마세요!"

유서린이 소리쳤다.

그리고 돌아선다.

창!

검을 뽑은 채로.

그녀는 그 검을 자신의 목에 대고 있었다.

"다가오지 마세요. 더는……!"

유서린의 가늘고 흰 목에서 붉은 피가 흘러나온다. 그녀의 검이 가진 날카로운 예기가 그녀의 목에 상처를 내고 있었다.

"위험해요. 검을……."

"그러니 더는 다가오지 마시라고요!"

그녀를 진정시키려 했지만, 유서린은 오히려 더욱 강하게 소리쳤다.

송현의 접근을 거부한다.

송현은 눈을 질끈 감았다.

'위험하다!'

그녀의 마음은 불안했다.

마치 언제 깨어질지 모르는 살얼음판과 같았다.

원망, 자책, 혐오, 미안함.

온갖 감정이 복잡하게 뒤섞여 무엇이 무엇인지도 모를 만큼 혼란스러운 상태다.

송현은 마지막 용기를 냈다.

"같이 떠나요. 다 잊고. 아무 일도 없었던 것처럼. 그냥 우리 둘이 살아요."

오랫동안, 마음속으로만 생각한 채 차마 꺼내지 못했던 말이었다.

"……!"

송현의 그 말에 유서린이 놀란 눈으로 송현을 바라보았다.

송현은 그녀의 눈을 피하지 않았다.

혹여나 자신의 진심이 그녀에게 닿지 않을까 두려워서였다.

송현은 말했다.

"고백하는 겁니다. 지금."

원한으로 복잡하게 얽힌 두 사람이었지만.

송현의 그녀를 향한 연심은 언제나 진심이었다.

"…저는……."

송현의 청혼에 그녀는 어렵게 입을 열었다.

그녀의 붉은 입술이 떨려왔다.

*　　　　*　　　　*

터벅. 터벅. 터벅.

무림맹을 떠나는 송현의 걸음은 힘없고 무거웠다.

결국 아무것도 하지 못했다. 천권호무대를 설득하지도 못했고, 이초의 복수는 시도조차 할 수 없었다.

유서린을 향한 고백조차 거절당했다.

"하······!"

참으로 씁쓸한 일이었다.

"저는 아직 당신을 볼 용기가 없어요."

유서린이 마지막으로 한 대답.

그 대답이 송현의 마음을 공허하게 만들었다.

'무림이란 이런 곳일까? 아니면, 사람 사는 세상이 이런 곳일까?'

스스로에게 던진 질문이었지만, 대답은 돌아오지 않는다.

마음과 마음이 부딪치고 얽힌다. 그래서 무엇도 할 수 없게되고, 무엇도 간단하지 않게 되어버렸다.

그것이 무림인지, 아니면 그냥 사람 사는 세상이 모두 그런것인지 알 수 없었다.

공허하고 허탈하기만 하다.

무림맹을 떠나는 다리는 너무나 무거워 조금만 걸어도 숨이차올라 지쳐 쓰러질 것만 같았다.

그렇게 송현이 외맹현으로 나섰을 때였다.

"가나?"

누군가 송현을 불렀다.

*   *   *

송현은 악양으로 떠났다.

그럼에도 무림맹은 아무런 일도 없었다는 듯 평소와 같이
돌아가고 있었다.

육가가 저지른 악행과 비리를 처단하는 일도 탄력을 받았
다. 그럼으로써 신풍대는 확실한 입지를 다졌고, 맹주의 권위
도 한층 높아졌다.

걱정과 달리 유서린도 큰 반발이 없었다.

아니, 더 이상 악화될 것이 없었다는 것이 맞을 것이다.

처음부터 유서린은 맹주와 대화조차 나누길 원치 않았으니
까.

그나마 간간이 이어지던 날 선 대화가 사라진 것만이 유서
린과 맹주의 변화라면 변화였다.

그렇게 무림은 평소와 다를 바 없는 일상을 계속하고 있었
다.

*   *   *

뿌르르르륵! 뿌르르르륵!

커다란 항아리에 붉은 핏물이 가득 채워져 있었다.

그 핏물 위로 규칙적으로 기포가 올라온다.

비릿한 혈향과 함께 사이한 기운이 온통 주위를 뒤덮었다.

그곳에 손님이 찾아왔다.

삼 사신.

천주. 달리 황조라 불리는 이를 따르는 세 명의 종이다.

세 명의 노인은 피로 가득 찬 항아리 앞에 서서 고개를 조아렸다.

"그만 일어나실 시간입니다."

그 목소리에 핏덩이 위로 올라오던 기포가 사라졌다.

"……."

침묵이 감돈다.

주변을 휘감은 지독한 혈향도, 사이한 기운도 흔적도 없이 사라진다.

팡!

그리고 항아리가 깨어져 나갔다.

찰박! 찰박! 찰박!

바닥에 쏟아진 핏물을 밟는 걸음 소리.

그곳에 핏물을 뒤집어쓴 단호영이 있었다.

벌거벗은 채로 드러난 그의 오른팔에는 깊은 흉터가 자리 잡고 있었다.

뒤집어쓴 핏물은 마치 살아 있는 것처럼 그 흉터 속으로 기어들어갔다.

혈천패의 충실한 종이 된 이후.

나가토에 의해 팔을 잃었다. 그리고 얼마 뒤 혈천패의 도움으로 죽은 나가토의 팔을 새로 달았다.

그 후 북궁정을 암살했다.

새로운 팔을 얻고, 새로운 힘을 얻었다.

한때는 주군으로 모셨던 북궁정을 베어 넘겼다. 이후 그 흔적을 지우기 위해 벽력진천뢰를 터뜨렸다.

아직 그 힘이 완전한 것이 아니라 다시 연공에 들어가야 했다.

그리고 지금.

연공을 끝내고 다시 세상에 모습을 드러낼 때가 되었다.

단호영은 자신을 깨운 삼 사신을 보며 입가에 비릿한 웃음을 머금었다.

"이래서 세상은 오래 살고 보아야 하나 보군요."

단호영의 시선이 삼 사신을 하나하나 훑는다.

"백마신궁 좌호법 공열."

단호영의 시선은 삼 사신 중 가장 선두에 선 이를 향하고 있었다.

백발이 성성한 그는 장대한 기골과 어울리지 않게 새하얀 얼굴을 가지고 있었다. 특히나 연지를 바른 듯한 붉은 입술은 보는 이로 하여금 섬뜩한 괴리감을 느끼게 하였다.

"그리고."

단호영의 시선이 그의 좌측으로 돌아갔다.

비쩍 마른 몰골에 민둥한 머리에는 몇 올의 머리칼만이 흉하게 남아 있는 노인. 녹아내린 코는 그가 숨을 내쉴 때마다 이상한 소음을 만들어내고 있었다.

그 또한 아는 얼굴이다.

"독시궁 사 장로 능사엄, 그리고 남은 한 분은……."

이번엔 단호영의 시선이 남은 한 명의 사신을 향해 돌아갔다.

"사천성 하열궁주 당중기."

젊어 보이는 얼굴과 달리 새하얀 백발에 꼬꾸라져 굽어진 등. 마치 묵철(墨鐵)로 만들어놓은 듯 검게 빛나는 손.

하나하나 너무나 익숙하고, 유명한 얼굴들이다.

"천하의 대악종들을 여기서 볼 줄 누가 알았겠습니까!"

백마신궁, 독시궁, 사천성.

무림맹에 적을 두었던 단호영에게 있어서는 같은 하늘을 이고 살아갈 수 없는 적이다.

하지만 지금은 다르다.

이제는 그의 수족이 되어줄 이들이다.

그것도 그들과 한창 전쟁을 치를 때만 해도 감히 마주치기 두려웠던 존재들이 그의 수족이 되었다.

"크큭! 큭!"

절로 터져 나오는 웃음을 억지로 집어삼킨다.

'아직 여기서 끝이 아니다!'

그의 두 눈은 그 어느 때보다 야망으로 가득 타오르고 있었다.

괜히 삼 사신이, 그들을 따르는 사마의 무인들이 수족이 된 것이 아니다.

더 큰 것을 얻기 위한 초석이다.

그러기 위해 혈천패는 단호영을 거두었고, 그렇기에 삼 사신이 그의 수족이 되었다.

"혈천께서는요? 안 보이시는군요."

웃음을 참던 단호영은 그제야 혈천패를 찾았다.

"혈천께서는 이번 일을 함께하지 못하시게 되었습니다."

그 물음에 공열이 고개를 숙이며 답한다.

한때는 백마신궁을 몰락시킨 무림맹의 일원이었던 단호영을 대하면서도 공열의 모습은 예의가 가득했다.

어제의 적이 오늘의 동료가 되었다.

"그렇군요."

단호영은 의미 모를 웃음을 지었다.

'나쁘지 않지.'

혈천패는 그의 상관이다.

그와 함께 있으면 아무래도 눈치를 살필 수밖에 없는 입장이 된다.

단호영에게 있어 혈천패는 이제는 그저 불편한 존재에 불과했다.

"모두 기다리고 있습니다. 가시지요."

삼 사신이 단호영을 이끌었다.

단호영이 머문 곳은 동굴이다.

길고 긴 동굴 밖으로 나서자 강렬한 빛이 일시에 단호영의 눈을 강타했다.

그리고.

"와아아아아아!"

동굴 아래에서 터져 나오는 함성.

한때 중원을 지배했던 사마세력의 무사들이 그의 발밑을 가득 채우고 있었다.

뿜어져 나오는 그들의 기백이 절로 가슴을 뛰게 한다.

단호영의 입꼬리가 말려 올라갔다.

"시작하시죠."

그의 한마디가 시작이었다.

대규모 무인들이 옥문관을 넘었다.

군대를 보는 듯한 착각이 들 정도로 그들의 규모와 기백은 대단했다.

그리고.

그 선두에서 나부끼는 깃발.

재천회.

그동안 소문으로만 무성했던 재천회가 드디어 강호에 모습을 드러낸 첫날이었다.

8장
암투(暗鬪)

벽보가 붙었다.

벽보는 하룻밤 사이에 중원 전역에 붙여졌다.

누가 붙였는지는 파악되지 않는다.

하지만.

누가 주도하였는지는 명백히 드러나 있었다.

재천회.

그들이다.

그리고 그들은 지금껏 그래 왔던 것처럼 벽보에 그동안 숨겨져 있던 악행과 비리를 담았다.

무림맹주 유건극의 비리였다.

무림맹주 유건극의 묵인과 주도하에 벌어진 비리가 만천하에 공개되었다.

중원이 삽시간에 혼란에 빠진 것은 당연한 일이었다.

그리고 옥문관을 넘어 모습을 드러낸 재천회의 본모습.

그 선두에 선 이가 한때 무림맹에 몸을 담았었던 단호영임이 드러나는 순간 그 충격은 배가 되었다.

중원이 혼란에 빠지고, 그 혼란은 무림맹 내에서도 일어나고 있었다.

그만큼 그동안 맹주가 얻어온 신임이 적지 않았던 이유일 것이다. 그렇기에 그 충격이 더욱 큰 것이다.

"어디 한번 보지."

맹주 유건극은 맹주전에 앉아 확보한 벽보를 훑었다.

그동안 저질러온 비리와 악행이 얼마나 많은지, 커다란 벽보 하나로도 다 채우지 못할 정도다.

사실이 그랬다.

하룻밤이 지날수록, 매일같이 유건극의 악행과 비리를 담은 새로운 벽보가 붙고 있었다.

"철저히 조사했군그래. 음……. 이건 내가 한 짓이 아닌데?"

그 벽보를 읽어내려 가면서도 맹주는 마치 남의 일을 대하는 듯 평온하기만 했다.

"조사한 결과 저들이 날조한 증좌들이 발견되었습니다. 저들의 손에 멸문한 무림 문파 중 상당수가 날조된 증좌로 얻은 거짓 명분으로 희생된 이들입니다."

"그래, 그렇겠지."

총군사 사마중걸의 이야기에 맹주는 고개를 끄덕인다.

어차피 모두 진실일 리 없다.

당장 맹주가 저지른 비리와 악행도 상당수가 거짓으로 조작된 것들이다.

"어떻게 하는 것이 좋겠습니까?"

사마중걸이 물었다.

총군사이지만, 맹주의 생각을 묻는다.

어쩔 수 없었다. 지금껏 이러한 일은 처음이었다. 중원 전역에 하루하루 공개되는 일이다. 무림맹 내에서 번지는 맹주의 악평과는 전혀 다른 문제였다.

맹주는 웃었다.

"자네는 어찌했으면 좋겠는가? 총군사이니 생각이 있을 것이 아니야."

"맹주님의 무고를 주장해야 합니다. 그렇지 않으면 당장 내부의 혼란을 잠재우기도 힘이 들 테지요."

"그렇겠군. 그렇게 하시게. 그리고?"

"……"

이어지는 질문에 사마중걸이 입을 다물었다.

이 이상은 생각나지 않는다.

사마중걸은 상대의 세력을 흔들고 그 힘을 깎아내는 데에, 그리고 전쟁의 전술, 조직의 운영과 편성에 관련된 계책에 능한 사람이다.

아쉽게도 이런 평판을 이용한 류의 싸움에 대해서는 그리

능한 사람이 아니었다.

이건 전쟁이나 세력 싸움이라기보단 정치에 가까웠으니까.

"허허! 어찌 그리 순진한가!"

맹주는 그런 사마중걸을 보며 웃었다.

하긴, 그가 정치에 능한 인물이었다면 맹주의 자리를 탐했을 것이다.

그의 무력은 비록 맹주에게 미치지 못하나, 적어도 전쟁과 세력의 싸움에 관련된 재지(才智)만큼은 맹주도 한 수 접어주어야 했으니까.

"저들이 나를 물어뜯었으니, 우리도 저들을 물어뜯어야 하지 않겠는가. 물어뜯게, 없는 이유를 만들어서라도."

"증거를 조작해서라도 말인지요?"

"조작하든, 만들어내든 상관없네. 최대한 많이 물어뜯어야 할 걸세."

"하지만 그랬다간……."

"그래, 서로 상처밖에 남는 것이 없겠지. 나나 재천회나 누더기나 다름없는 신세가 되어버릴 것이야."

"그런데 어찌하여?"

사마중걸은 쉬 이해하기 어렵다는 듯 맹주를 보았다.

전혀 얻을 것이 없다. 그저 상대가 자신을 비난했으니, 자신도 상대를 비난하는 것에 불과하지 않은가. 너무나 얕은 하책이다.

그런 하책을 왜 명령하는 것일까.

"어차피 진흙탕 싸움일세. 서로 더럽히고, 더럽혀지는 거지. 그렇게 되면 결국 둘 다 악취를 뒤집어쓰는 꼴이 되는 것이야. 그럼 사람들은 무슨 생각을 할까? 자네는 생각해 보았나?"

"어느 쪽이 더 옳은 쪽인지……."

"아니지. 아니야. 이제 사람들의 눈엔 그놈이 그놈으로 보일 뿐일세. 다 같이 더러운 놈인데, 더 더러운 놈 덜 더러운 놈 찾는 것도 의미가 없지. 생각하면 머리만 아프고, 파헤쳐 보아야 악취만 나니까. 그럼 어떻게 될까?"

"……."

사마중걸은 대답하지 못했다.

그 모습을 맹주는 당연하게 받아들였다.

이런 쪽으로는 거리가 먼 사마중걸이다. 그는 항상 맹주의 뒤에 서 있었으니까.

"이득을 찾을 거야. 어차피 둘 다 더러운 놈이라면 둘 중에 누가 자신에게 이득이 될 것인가를 찾기 시작하지. 이득만 된다면 누가 승자가 되든 상관없으니까 말이야. 저들이 이렇게 나온 것은 무림맹을 지우고, 재천회가 무림의 중심에 서겠다는 것. 아직은 우리의 손을 들어주는 이가 많을 걸세. 관건은 저들이 더욱 세력을 확장하기 전에 결과를 만드는 것이지."

무림맹은 정파무림 문파의 연합이다.

현재는 유건극이 모든 권력을 틀어쥐고 있지만, 그렇다고 그 본질이 달라지는 것은 아니다.

그리고.

무림맹에 속한 정파무림 문파들은 대개 그 지역의 손꼽히는 무가다.

이미 손안에 들어온 권력을 굳이 내줄 이유가 없다.

하지만 지금 재천회가 장악한 감숙 인근 지방은 다르다.

자고로 먼 곳의 호랑이보다 가까운 늑대가 더욱 무서운 법이라 했다.

저들로서는 살아남기 위해서라도 재천회를 지지하려 할 것이다.

재천회가 세력을 확장할수록, 재천회로 돌아서려는 이들 또한 늘어날 것은 자명했다.

그러니 그전에 결정을 지어야 한다.

"하오나 그리 그렇게 재천회를 굴복시킨다 한들, 이미 흐트러져 버린 맹주님의 평판은 회복되지 않습니다. 오히려 그 때문에 또다시 맹주님을 노리는 이가 더욱 많아질 뿐이겠지요."

사마중걸은 다른 것을 걱정했다.

이미 더럽혀지기 시작한 맹주의 평판이다.

그 평판을 딛고 재천회를 굴복시킨다 한들, 다른 이들이 가만히 있을 리 없었다.

어떻게든 물고 늘어지며 유건극을 맹주의 자리에서 끌어내리려 들 것이다.

하지만 맹주는 고개를 가로저었다.

"그럴 리 없네."

"어찌하여 그렇습니까?"

"무림맹의 손을 들어준 이들이 그리 만들어줄 테니까."

"그것이…… 가능한 일이겠는지요?"

사마중걸은 쉬 믿을 수 없다는 듯 되물었다.

정파다.

정파는 정당성과 명분이 생명이다. 그 정파의 우두머리인 무림맹주가 부정을 저질렀는데, 그것을 그냥 내버려 둘 것이라니.

그것도 무림맹의 편을 들어준 같은 정파의 무리가.

"무림맹이 승리하면 맹의 손을 들어주었던 이들은 어떻게 할 것 같나? 자신들의 선택이 옳았음을 증명하려 할 것이야. 스스로 옳지 않은 선택을 했다고 자백할 수는 없는 노릇이니 말일세. 그들은 수단과 방법을 가리지 않을 걸세. 정보를 날조하고, 힘으로 찍어 누르고 피를 보는 한이 있더라도 나를 정당한 인물로 만들어줄 걸세. 재천회와의 전쟁이 끝이 나면 누구도 나의 부정을 입에 올리지 못할 것이야."

맹주는 확신했다.

"인간이란 본디 그런 존재일세."

그가 살아오면서 본.

무림맹주라는 높은 자리에 올라서 내려다 본 사람이란 존재는 본디 그런 존재였으니까.

맹주는 그것을 안다.

"자네도 그렇기에 지금 이 순간도 나의 곁을 지키고 있지 않은가!"

그리고 사마중걸을 향해 말했다.

"……."

사마중걸은 입을 열지 못했다.

부정할 수도, 긍정할 수도 없다.

정작 그가 그랬으니까.

맹주의 묵인하에, 혹은 주도하에 이루어진 부정과 악행. 그 중에는 사마중걸도 알지 못하는 것도 많았다. 하지만 그는 지금도 맹주의 곁에 총군사로 자리하고 있다.

맹주는 그런 사마중걸을 향해 충고했다.

"지금 이 순간부터 우리는 이용할 수 있는 모든 것을 이용해야 할 걸세. 또한, 누구도 믿어서는 안 될 걸세. 명심하게!"

송현의 말이 사실이라면.

정말 '그'가 이 상황을 만들어낸 것이라면.

이제는 누구도 믿어서는 안 되었다.

틈을 보이는 순간 모든 것이 허사가 되어버린다.

그가 스스로 진창 속에 뛰어들어 이루고자 했던 그 모든 것이.

"움직이세."

무림맹과 재천회.

두 세력 간 전쟁의 불씨가 점화되었다.

　　　　　*　　　　*　　　　*

　온갖 소문이 난무한다.

　무림맹과 재천회.

　둘은 서로를 향한 비난과 비방을 멈추지 않았다.

　서로의 부정을 밝히는 증거를 내놓고, 그들의 부도덕성을 호소했다.

　날로 새로운 부정이 밝혀진다.

　그럼에도 둘은 멈추는 법이 없었다.

　재천회는 하루가 다르게 활동 영역을 넓혀가고, 그 길목에 자리한 무림문파들의 부정을 밝히며 멸문시키고 포섭시켰다.

　무림맹은 맹에 속한 이들의 협조를 얻는 한편, 육가의 남은 세력을 정리하는 데 열을 올렸다.

　전쟁에 앞서 등 뒤에 존재하는 불안요소를 지우는 것이다. 동시에 전쟁에 필요한 세력을 규합하는 행동이기도 했다.

　중원 무림은 시시각각으로 변화하는 상황에 귀를 기울였다. 처음에는 몸을 사리기도 했다.

　그러나 그것도 잠시다.

　시간이 지나고 서로가 서로를 향해 쏟아내는 비난과 비방이 쌓여갈수록.

　중원 무림은 무디어져 갔다.

　어느 순간부터.

　무림은 더는 선악의 경중을 따지지 않았다.

대신 자파의 이득과 안전, 기득권을 위해 움직이기 시작했다.

맹주가 말한 모든 것이 이루어지고 있었다.

*   *   *

악양으로 돌아온 송현은 이제 매일 아침 산 정상에 오르는 것이 하루의 일과가 되었다.

산 정상은.

바람이 가장 많은 곳이다.

저 멀리 무림맹에서 불어오는 바람도 이곳이라면 미약하지만 닿는 곳이기도 했다.

송현은 그 바람을 통해 중원의 정세를 읽었다.

하루가 다르게 바뀌는 정세.

마치 멈추지 못하는 말 위에 올라탄 것만 같다.

그 끝은 결국 파멸뿐일 텐데도 말이다.

"하아⋯⋯!"

그것이 송현의 마음을 무겁게 했다.

매일같이 반복되는 일이다. 그러나 오늘은 조금 달랐다.

"음?"

점점 더 파멸을 향해 달려가는 속도를 높여가는 무림의 정세에 한숨을 쉬던 송현의 얼굴에 의문이 떠올랐다.

그리고 이내 미소가 머문다.

"상아가 오는 모양이구나!"

산 아래에서 불어온 바람이 상아의 존재를 알리고 있었다.

소풍이라도 나온 것인지 콧노래를 부르며 걸어 올라오고 있는 상아의 모습이 눈앞에 그려진다.

무림맹에 다녀온 이후 송현은 자신의 거처를 벗어나지도 않았다.

가끔 생활에 필요한 물품과 악기를 사러 내려가는 것이 그가 하는 외부 활동의 전부였다.

그러다 보니 만나는 사람도 제한적이고, 그 시간도 적을 수밖에 없다.

별다른 이유가 있어서는 아니었다.

그저 마음이 내키지 않았다.

무림맹을 다녀온 송현은 심적인 피로를 느끼고 있었던 것이다.

그러던 차에 상아가 방문한 것이다.

왠지 반가웠다.

그 반가운 마음에 송현이 급히 산을 내려갔다.

마중 나가기 위해서였다.

송현의 모처.

상아는 평상에 앉아 한가롭게 다리를 까딱거리고 있었다.

오물거리는 입은 송현이 내온 다과를 맛보는 중이다. 송현은 그런 상아가 혹여나 볕에 눈이 부실까 차양막(遮陽幕)까지

쳐주었다.

"치!"

그럼에도 상아는 뾰족 입술을 내밀었다.

이따금 송현을 향해 흘기는 눈빛에서는 불만이 가득했다.

"다녀왔으면 다녀왔다고 말했어야죠!"

상아는 송현이 자신에게 무림맹에서 돌아왔음을 알리지 않은 것이 불만인 모습이었다.

송현은 어색하게 웃었다.

"미안. 조금 정신이 없어서 이야기 못했어. 미안해."

"치! 정신없어도 이야기해야죠. 그래야 상아가 걱정을 안 하지. 이번은 봐줄 테니까 다음에는 그러지 말아요. 아셨죠?"

"응. 그렇게 할게."

송현이 웃으며 고개를 끄덕이자, 상아는 그제야 쌔액 웃음 지었다.

"가신 일은 잘됐어요? 서린 언니도 보고 왔어요? 잘 지내요?"

이윽고 질문을 쏟아낸다.

내심 궁금한 것이 많았나 보다.

그러나 그 물음이 송현을 멈칫하게 하였다.

송현은 거짓말을 했다.

일이 잘 풀리지 않았다고 이야기하면, 상아가 또 질문해 올 것임을 알기 때문이다.

"응. 잘됐어. 잘……."

물론, 눈치 빠른 상아가 그 말을 곧이곧대로 믿어줄 만큼 둔하지 않다는 것이 문제라면 문제였다.

"그럼 연주해 봐요!"

상아는 곧장 송현에게 연주를 할 것을 요구했다.

"응?"

느닷없는 요구에 송현이 의문을 표하자 상아는 답답하다는 듯 가슴을 두드렸다.

"아저씨 연주는 거짓말 못하잖아요. 아무래도 상아는 아저씨가 거짓말하는 것 같아요."

"아!"

송현은 그제야 자신의 실책을 깨달았는지 짧게 탄식했다.

'나는 이제 거짓말도 마음대로 하지 못하는 신세가 되었구나!'

경지는 올라갔는데, 어째 갈수록 좋은 점보단 나쁜 점이 더 눈에 들어온다.

그렇게 송현이 탄식하는 사이에도.

"빨리요! 빨리 연주해 봐요. 네?"

상아는 송현을 독촉했다.

"그럼……."

송현은 연주를 거절하지 않았다.

연주를 하면 자신이 거짓말을 했다는 것을 들키게 된다. 하지만 연주를 하지 않아도 들키는 건 마찬가지다.

그러니 이러나저러나 상관없다.

그러고 보니 무림맹을 다녀온 이후부터는 부쩍 거문고를 연주하는데 들이는 시간이 줄어들었다.

그 또한 마음이 내키지 않아서였다.

"잠시만."

송현은 상아에게 잠시 기다려 달라고 부탁하고는 곧장 방안에서 거문고를 꺼내왔다.

얼마 전에 새로 맞춘 거문고다.

그 거문고를 들고 연주를 시작한다.

두뚱—!

묵직하게 울리는 울림.

그 울림은 물기에 젖어 있었다.

"헤—!"

상아는 뾰족 혀를 내밀며 웃었다.

그리고 눈을 감고 송현의 연주를 감상한다.

하지만 송현은 그 귀여운 모습을 볼 수 없었다. 반개한 눈은 이미 거문고에 집중되어 있었던 탓이다.

연주한다.

연주가 시작된 이상 숨길 수 있는 것도 없다.

그러니 망설임없이 진심을 다해 연주할 수 있었다.

'사람 마음은 참 얄궂어.'

이상한 일이다.

무림맹을 다녀온 이후 거문고 연주를 하는 즐거움이 시들해졌었다. 그런데 상아가 듣고 있다고 생각하니 왠지 마음이 동한다.

거문고 소리가 처연하다.

무겁게 내리깔리고, 겹겹이 겹쳐진다. 소리에 물기가 있다. 가득 머금은 물기는 점점 더 무겁게 내려앉았다.

마치 비가 내리는 것만 같은 연주다.

기분 좋은 비가 아니다.

깊은 밤중에 억수처럼 쏟아지는 빗소리 같은 연주였다.

그렇게 연주했다.

따로 곡을 정하지 않은 즉흥 연주이니 가사도 필요 없다. 그 저 마음 내키는 대로 치고, 마음 내키는 대로 음을 뽑아냈다. 마음 내키는 대로 음률을 탄다.

그리고 이내 그 음률은 긴 여운이 담긴 울림을 남기고 끝이 났다.

"이제……."

반개한 눈을 뜬 송현이 상아를 바라 볼 때였다.

"훌쩍! 훌쩍! 흐아아아앙!"

상아가 울어버렸다.

"사, 상아야!"

당황한 송현은 어찌할 바를 몰라 했다.

상아는 그런 송현을 보며 울며 소리쳤다.

"끅! 너, 너무 스, 슬퍼요. 흐아아아앙!"

상아는 이번에도 송현의 연주를 들었다.

쏴아아아아.

상아의 눈물 때문일까. 아니면 송현의 거문고 연주 때문이었을까.

비가 쏟아졌다.

비를 피해 처마 밑으로 피신한 송현과 상아는 나란히 앉아 멍하니 내리는 빗줄기를 바라보았다.

후두둑!

처마 끝에 가득 맺힌 빗방울이 작은 웅덩이를 만들며 떨어진다.

"쩝."

송현은 입맛을 다셨다.

아쉬운 눈길은 거문고를 향했다.

연주가 끝나고 살펴본 거문고의 모습은 처참했다. 울림통은 닳고 해저 안에서부터 금이 가고 있었다.

현은 당장에 끊어져도 이상하지 않다.

다음에 한 번만 더 연주하고 나면 악기로써 생명은 끝이 날 듯 보일 정도였다.

풍류의 도시라는 악양에서도 찾기 어려운 거문고이니만큼 하나하나가 제 수명을 다해갈 때마다 아쉬운 마음은 더욱 커져만 갔다.

아니다.

악사는 본디 자신의 악기가 상해 가는 것에 괴로워하는 법이다.

송현은 어쩔 수 없는 악사였다.

'그러면 뭐해. 이제는 악기도 만질 수 없는 악사가 되어버렸
는데.'

점점 더 악기가 상하는 시간이 빨라진다.

눈으로, 귀로 확연히 느껴질 정도였다.

이대로 몇 달만 흐른다면 그땐 현 하나도 연주하지 못하는
악사가 되어버릴 것이다.

그 막연한 두려움이 송현을 더욱 괴롭혔다.

"아저씨."

그렇게 송현이 상념에 빠져 있는 사이.

상아가 가만히 송현을 불러왔다.

"응? 왜?"

"안아주셨어요?"

"응? 누구를?"

"서린 언니요."

"……."

상아의 그 물음에 송현은 대답하지 못했다.

상아는 송현의 이야기를 들었다. 아니, 감정을 들었다. 그리
고 뒤이어 송현이 간단하게 이야기해 주는 무림맹에서의 일들
을 들었다.

어린 상아는.

송현을 대신해 울어주었다.

정말 이러다 기절하는 것이 아닐까 싶을 만큼 열심히 울어

주었다.

그 후 한동안 아무 말도 하지 않았다.

이제야 겨우 감정이 정리되었는지 그날의 일을 묻는다.

"안 안아주셨죠?"

대답 없는 송현의 모습에 상아가 다시 질문했다.

송현은 고개를 끄덕였다.

"응. 안아주지 못했어."

"왜요?"

"그녀가 그것을 원치 않았으니까."

다가서는 송현을 제지하기 위해 유서린은 스스로의 목에 칼을 대었었다.

안고 싶었지만.

그런 그녀를 안아줄 수는 없었다.

"치! 바보!"

그런 송현의 대답에 상아가 삐죽 입술을 내민다.

그리고 송현을 바라보았다.

"아저씨는 바보예요!"

"내, 내가?"

"안아주셨어야죠! 서린 언니가 얼마나 힘들었겠어요! 그럴 땐 모른 척 안아주는 게 멋진 거라고요!"

상아가 송현을 가르친다.

어디서 그런 것을 배웠는지 양 허리에 손까지 '척!' 하고 얹은 상아는 마치 선생님처럼 송현을 다그쳤다.

"여자란 원래 그래요! 싫다가도 좋아하는 사람이 안아주면 좋아진단 말이에요!"

"그, 그런가?"

"그럼요! 상아도 삐졌을 때 엄마가 안아주는 것도 싫은데…… 안아주면 막 좋아지거든요."

진지했던 분위기가 일순 흔들렸다.

듣고 보니 딱 상아의 또래들에게 있을 법한 이야기다.

상아의 나이 때는 송현도 그랬다. 마음 상해서 혼자 있고 싶을 때가 있었다. 그때 누군가 안아주면, 분명 혼자 있고 싶었는데 왠지 모르게 기분이 좋아지고는 했다.

하지만 그것이 어른들의 마음과도 같을까.

피식!

송현은 웃었다.

"그랬었어야 했구나. 그녀가 원치 않아도 그래도 용기 내서 안아주어야 했었네."

송현은 고개를 끄덕였다.

짧은 순간이었지만 상아의 말이 유치하다 생각했다.

하지만 아니었다.

상아의 나이대의 어린 자신이 아닌, 이제는 훌쩍 커버린 자신을 놓고 생각해 보았다.

지금의 자신이었으면 어땠을까.

송현이 그녀의 입장이 되었다면, 그래서 그녀가 싫다는 송현을 안아주었다면…… 나쁘지 않았다.

오히려 좋았을 것이다. 포근하고, 안심되고, 위로가 되었을 것이다.

하지만 자신은 그렇게 하지 못했다.

스스로는 용기를 내었다고 생각했는데, 가장 중요한 순간에는 용기를 내지 못했다.

무엇 때문이었을까.

'두려워서였어. 그녀가 원망할까 봐. 그녀가 내게 화를 낼까 봐…… 그게 두려워서 안아주지 못했어.'

다른 건 아무리 스스로에게 물어도 대답이 돌아오지 않았거늘, 이건 너무나 쉽게 대답이 돌아왔다.

그날.

송현은 겁을 먹고 있었다.

그녀가 다칠 것이 무서웠다. 그리고 비겁하게도 자신이 다칠 것이 두려웠다.

"지키려거든, 바꾸려거든 똥물을 뒤집어쓰고 진창에서 발버둥치게나."

이 순간 왜 맹주가 했던 그 말이 떠올랐을까.

"아무것도 묻히지 않고, 변하지 않고 지킬 수 있는 세상이었다면. 애초에 창칼은 생겨나지도 않았을 것이네."

맹주의 독설이 자꾸만 송현의 마음을 헤집어 놓았다.

                    *   *   *

석 달이란 시간이 흘렀다.

그 짧은 시간 동안 일어난 변화는 눈으로 좇기 어려울 정도였다.

삼삼오오 모여 이동하는 무림인의 모습을 중원 각지에서 어렵지 않게 찾아볼 수 있었다. 운이 좋은, 혹은 나쁜 날에는 수십의 규모로 무리를 이뤄 이동하는 무림인들을 마주하기도 했다.

그들 모두 정파에 속한 무인들이다.

예와 격식을 중시하는지라 큰 사고는 일어나지 않았다. 물론, 그렇다고 아무런 사고도 없었다는 것은 아니다.

아무리 정파라는 큰 테두리 안에 속한 이들이지만, 그들 또한 작게 보면 개개의 사람이다. 개중에는 성격이 모난 이들도 있었고, 불같은 이들도 있었다. 또한, 그들끼리의 은원과 힘의 고하가 존재하고 있었으니까.

가끔씩 객잔에서는 다툼이 생기고, 때로는 피를 보는 일도 있었다.

그들의 목적은 같았다.

무림맹에 합류하는 것.

그것은 그들의 이득과도 관련된 일이었다.

절강의 무림인을 규합하는 것에 시일이 걸렸던 것과 달리, 이번에는 이득과 기회가 존재하고 있었다.

재천회와의 전쟁에서 두각을 나타내면 무림의 중심에 한 발자국 가까이 다가갈 기회가 존재했다.

자파의 영화와 번성에 직결된 문제였다.

그렇기에 중원 각지의 정파 무림인들은 앞다투어 무림맹을 향해 나아갔다.

이런 무인들의 대이동.

힘없는 백성들에게는 그것이 아무런 상관도 없는 일이라 여겨질지도 모른다.

하지만 아니다.

각 지방에 군림하던 문파의 문도들이 대거 빠져나갔다.

정파의 득세에 숨죽이며 몸을 사리던 지방의 군소 규모의 흑도와 사파. 산적과 도적들이 슬그머니 눈치를 보며 일어서기 시작했다.

그들은 자신들에게 주어진 기회를 놓치지 않았다.

수탈의 대상은 힘없는 백성이었다.

그런 악행을 감시해야 할 관군은 무림의 일이라 하여 몸을 사리며 외면했고, 오랫동안 지방의 질서를 유지해 온 무림문파에선는 그들을 감시하고 제지해야 할 전력이 부족하기에 침묵했다.

그 침묵 속에 수탈당한다.

그 아수라장 같은 비명성과 한 섞인 한숨이 송현의 귀에까지 전해졌다.

"이래서……."

산 정상에 자리 잡은 바위 위에 앉아 들려오는 바람 소리를 듣는 송헌의 입에서는 짧은 탄식을 터져 나왔다.

무림의 격변.

그 격변 속에서 죄 없이 피해를 감수해야 하는 사람들.

그들을 지켜주어야 할 관군은 침묵하고 있다.

"이래서 무림이 필요했던 것이구나."

무공이 없어도.

산적은 생긴다. 흑도 파락호들은 생긴다.

그것은 태초에 사람이 존재했을 때부터 지금까지 이어온 것이다.

이를 관리하고 견제해야 할 곳은 국가다.

하지만 국가는 그 역할을 제대로 하지 못하고 있었다.

황권이 중원 전역에 하나하나 미치기에는 중원은 너무나 거대했다.

관리는 먼 곳의 황제보다 눈앞의 이득에 눈이 멀었다.

관군이 흑도와 파락호, 산적과 도적들을 어찌하지 않고 외면하는 것은 그들과 이미 유착되어 있었기 때문이다.

수탈한 일부를 상납금으로 바치는 그들이 선을 넘지 않는 이상 관군은 무리하여 나서려 하지 않는다.

불어오는 바람결에 실린 이야기가 그것을 이야기해 주고 있었다.

송현도 바보는 아니다.

어찌하여 관이 침묵하는지 생각하지 못할 만큼 아둔하지 않다.

그 검은손은 고위 관료와 토호들이 굳게 자리 잡은 악양에까지 서서히 뻗어오고 있었다.

음으로 파락호들이 날뛰기 시작했다.

사파와 흑도 방파는 서서히 파락호들을 흡수해 나가며 세를 키우고 있는 처지다.

곧, 유착이 시작될 것이다.

포두들을 관리하는 관리에게 뒷돈을 찔러주기 시작할 것이고, 이내 노골적으로 백성을 수탈할 것이다.

"아니야. 아닐 거야."

불길한 예감에 송현은 고개를 절레 저으며 부정했다.

다행히 악양을 관리하는 고관들은 대개 청렴한 인물들이다. 흑도 사파 방파에서 찔러주는 뒷돈을 태연하게 삼킬 만한 인물은 아니었다.

송현이 악양루에서 본 그들은 분명 그랬다.

하지만.

"…괜찮을…… 거야."

그럼에도 송현의 목소리에는 자신감이 결여되어 있었다.

알기 때문이다.

소작농이 정말 무서워하는 존재는 땅의 주인인 지주가 아니다. 지주가 부리는 마름이다.

지주의 눈은 한계가 있다.

그렇기에 마름은 그런 지주의 눈을 피할 수 있다.

지주의 눈을 피해 자신에게 주어진 알량한 권력을 휘두른다. 그리고 그 권력으로 소작농들을 수탈한다.

관도 마찬가지다.

관의 가장 높은 자리에 있는 이들이 아무리 청렴하고자 해도, 그들의 밑에 있는 누군가는 그들의 시선을 피해 부패를 저지르게 마련이다.

궁에서 보아온 것이 그것이었고, 나와서 본 것도 그것이었다. 심지어 무림맹조차 그러했었다.

듣고 보아온 것이 있어 자신 할 수 없었다.

악양에 터를 잡은 정도문파 또한 무인을 차출하여 무림맹을 지원하기 위해 나선 이상 그 불안감은 더욱 커질 수밖에 없었다.

"내려가 보자."

그 불안감에 송현은 잠시의 외출을 시작했다.

악양의 번화가는 평소와 같이 북적인다.

평소와 다를 바 없는 모습에 송현은 안심했다.

아직은 악양은 안전하다는 사실에서 오는 안도감이었다.

악양은 송현에게 있어 제이(二)의 고향이나 다름없는 곳이었으니까.

하지만.

그 안도도 그리 오래가지 않았다.

"아!"

걸음을 옮기던 송현의 입에서 짧은 탄식이 흘러나왔다.

송현의 고개가 돌아갔다.

골목 모퉁이.

그 모퉁이 너머 어딘가에서 들려오는 소리를 들었다.

바람결이 전해준 이야기도 아니었고, 사람들의 몸에 묻은 이야기도 아니었다.

정말로 소리가 들렸다.

그리고 그 소리 속에 익숙한 목소리가 섞여 있었다.

"남 악사님!"

남치국.

상아 아버지의 목소리였다.

팟!

"어, 어엇!"

순간 거리를 지나던 사람들의 입에서 경악성이 터져 나왔다.

가만히 걸음을 걷던, 그래서 의식조차 하지 않았던 송현이 갑자기 하늘로 치솟은 것이다.

마치 하늘을 나는 새처럼.

그 모습이 너무나 자연스럽다.

"푸, 풍류선인이다!"

누군가 송현을 알아보고 소리쳤다.

하지만 송현은 그런 외침에 신경 쓸 정신이 없었다.

'서둘러야 해.'

소리가 들려온 방향으로.

송현은 빠르게 날아가기 시작했다.

9장
결전(決戰)의 날

우당탕!

공방에는 부서진 나뭇조각이 사방으로 날아다녔다.

건장의 체격의 파락호들이 날뛸 때마다 몸 여기저기에 새겨진 흉터들이 꿈틀거리며 더욱 험악한 분위기를 만들어 낸다.

아수라장으로 변한 목공소.

공방에서 일하는 인부들은 공방 구석에 몰린 채 공포에 떨고 있었다.

그중에는 상아의 아버지인 남치국도 있었다.

몸은 나았으나 악사의 일은 더는 할 수가 없었다. 그렇다고 가정의 생계를 외면할 수도 없는 일이었다.

어렵게 일자리를 찾았다. 목공소의 허드렛일을 돕는 일이었다. 그러나 그에게 있어 목공소는 새로운 직장인 동시에, 가족들을 먹여 살릴 수 있는 유일한 희망이었다.

정말 열심히 일했다.

그 노력을 인정받아 비록 외팔이지만 하나둘 기술을 배울수 있었다. 그리고 이제는 제법 어엿한 장인의 한 사람으로서 목공소의 일원이 되었다. 봉급도 겨우 하루 먹고살기도 빠듯할 정도에서, 이제는 제법 쌈짓돈을 모을 정도였다.

그런 남치국은 자신이 애써 만든 물건들이 부서지는 것을 차마 눈 뜨고 지켜볼 수가 없었다.

"그만들 하십시오!"

그래서 결국 소리치며 나섰다.

파락호의 패악으로 한쪽 손을 잃었고, 그 때문에 악사의 길을 접을 수밖에 없었던 남치국이었지만 달리 말하자면 그만큼 그의 성정이 굳다는 것을 의미하기도 했다.

거칠고 우락부락한 파락호의 앞에 선 남치국은 조금의 위축됨도 없었다.

"허! 이제는 손 병신까지 우리를 우습게 여기는구나!"

하지만 기개는 기개고 현실은 현실이다.

거친 파락호의 힘을 남치국이 당할 수 있을 리 없었다. 하물며 몸까지 성하지 않은 데에야 막을 방법도 없다.

"억!"

복부를 파고드는 파락호의 주먹질에 남치국의 허리가 직각으로 꺾였다.

"애들아! 쳐라!"

그것도 모자랐는지 공방을 어지럽히던 파락호들의 수괴인 외눈박이 사내가 수하들을 시켜 몰매를 놓았다.

"큭!"

남치국은 신음을 삼켰다.

처음 주먹을 맞았을 때 숨이 턱하고 막혔다. 그 뒤로는 속절 없이 시작된 매타작을 맞을 수밖에 없는 처지가 되었다.

대여섯의 거친 장정들이 덤벼들어 내려치는 매타작은 인정 이 없었다.

"그만하시오! 이러다 죽겠소!"

"해도 너무하는 것 아닙니까!"

속절없이 매타작을 맞는 남치국.

이대로 두었다가는 어디 한 군데 망가져도 제대로 망가질 기세다.

그 모습에 공방의 장정들도 너는 참아 넘기지 못하고 나서 반발했다.

"하! 이제는 별 거지 같은 것들까지 나서는구나!"

스릉!

그들의 반발에 파락호의 수괴인 외눈박이가 박도를 꺼내 들 었다.

"불만 있으면 이야기를 해야지. 암! 그래? 누가 불만이지? 너냐? 아니면 너?"

박도를 들어 달려들던 공방의 장인들을 향해 겨눈다.

시퍼렇게 날이 선 박도의 도신이 자신들을 향하자 공방의 장인들은 움찔거리며 어깨를 움츠렸다.

이러지도 저러지도 못하고 눈치만 살핀다.

"흥! 하여간 입만 산 것들이란."

그런 반응에 애꾸눈을 한 사내가 비웃음을 흘렸다.

그러는 동안에도 남치국을 향한 몰매는 멈출 기미가 보이지 않았다.

"아이고! 살려주십시오!"

결국, 공방의 가장 큰 어른인 대목장이 나서 무릎 꿇고 사정했다.

"하하하하! 이보게 노인장. 누가 보면 내가 무슨 살인이라도 저지르는 살인마인 줄 알겠소. 나는 그냥 우리의 정당한 권리를 주장하고 있을 뿐이외다. 일을 했으면 대가를 받아야 하는 것이 당연한 세상의 이치 아니겠소. 안 그렇소?"

"하오나 상납금은 이미 열흘 전에 드리지 않았습니까!"

외눈박이의 말에 대목장이 한탄하며 하소연했다.

저들이 원하는 것이야 뻔하다.

상납금이다.

하지만 그 보호세라는 명분의 상납금은 이미 열흘 전에 이들이 직접 받아간 지 오래였다.

그 탓에 지금 공방에 남아 있는 여유자금이라고는 부리는 인부들과 장인들에게 지급할 봉급도 간당간당할 정도다.

그런데 이렇게 찾아와 또다시 상납금을 내놓으라 행패를 부리고 있으니 대목장의 입장에서는 억울할 지경이었다.

"허! 노인장, 거 참 세상 물정 모르시오! 지금 여기 노리는 놈들이 몇인 줄이나 아시오? 그놈들로부터 당신네 지켜주려거든 우리는 또 몇 배로 박 터지게 싸워야 하고. 몇 배로 박 터지게 싸웠으니 약값이며 술값이며 배로 들 것이 아니오. 그러니 이제부터는 열흘에 한 번씩 보호세를 받겠다 이 말이외다. 아시겠소?"

"그 많은 돈을 어떻게 열흘마다 내란 말씀이십니까. 그렇게 해서는 공방을 운영할 수도 없습니다."

"그거야 노인네 사정이지. 우리가 그것까지 신경 써야겠소? 안 되겠다! 얘들아! 돈 낼 생각이 없으시단다! 교육 좀 해드려라."

"예!"

외눈박이 사내의 명령에 수하들이 대답한다.

그리고는 피를 흘리며 쓰러진 남치국을 버려둔 채 몸을 돌려 대목장과 공방의 식구들을 향해 천천히 다가섰다.

"어, 어찌하시려고?"

"어찌하긴 뭘 어찌하오? 돈 낼 생각이 없으시면 돈 낼 생각이 들게 해드려야 하지 않겠소."

겁먹은 대목장의 물음에 외눈박이는 비릿한 웃음을 지으며 대답했다.

그때였다.

"무슨 짓입니까?"

공방의 출입문 쪽에서 낯선 목소리가 들려왔다.

누군가 걸어 들어온다.

"…소, 송 악사님?"

걸어들어오는 사내의 모습을 확인한 남치국이 힘겹게 열었다.

"푸, 풍류선인?"

송 악사라는 말에 공방의 사내들도 풍류선인을 떠올렸다.

남치국과 송현이 서로 아는 사이라는 것은 공방에서는 이미 유명한 이야기였으니 모를 리 없다.

"괜찮으십니까?"

그들의 짐작처럼 모습을 드러낸 이는 송현이었다.

송현의 물음에 남치국은 애써 웃음을 지으며 송현을 안심시켰다.

"괘, 괜찮습니다. 걱정하지 마십시오."

하지만.

머리가 찢어진 것인지 얼굴 가득 피범벅이 된 남치국의 웃음은 아무런 설득력을 가지지 못했다.

송현의 눈살이 찌푸려졌다.

"어, 어찌합니까! 대장?"

그런 송현의 귓가로 당황한 파락호 한 명의 목소리가 들린다.

송현의 고개가 그들 중 우두머리인 애꾸눈의 사내를 향해 돌아갔다.

"당신들이 한 짓입니까?"

"하! 이게 누구시오! 천하에 위명이 자자하신 풍류선인이 아니십니까! 한데, 이런 누추한 곳까진 어쩐 일이시오?"

외눈박이 사내가 부러 당당한 척 웃음을 지으며 송현을 아는 체했다.

호국염왕이라 불리던 송현의 이름을 그가 모를 리 없다.

힘없는 백성들을 갈취해 먹고사는 그들에게 있어서는 저승차사나 다름없는 존재였다.

그럼에도 애써 당당한 척하는 것은 이곳이 그들의 영역권이기 때문이다.

송현의 이름에 겁먹고 꽁무니를 뺐다가는 앞으로 상납금을 받는 일이 어려워질 것임을 잘 알고 있었다.

"당신들이 한 짓이냐 물었습니다."

송현의 목소리는 한층 더 낮게 내리깔렸다.

"아아! 약간의 의견 충돌이 있어서 사소한 다툼이 있었소이다. 그리 큰일은 아니니 풍류선인은 신경 쓰지 않으셔도 되오."

"가십시오."

"뭐요?"

"가십시오. 지금 가시면 아무것도 보지 못한 것으로 하겠습니다. 대신, 다시는 힘없는 이들을 괴롭히지 마셔야 할 것입니다."

송현은 그런 파락호들을 향해 경고했다.

무림을 떠난 이상 함부로 피를 보고 싶지는 않았다. 그렇기에 송현은 이들이 그냥 물러나기를 원했다.

하지만 애초 그들은 쉬 물러날 생각이 없었다.

"싫다면 어찌하실 것이오?"

"……."

"왜? 그 잘난 힘으로 어찌 해보실 생각이시오? 그런 생각은 마시오. 우리가 어찌 고고하신 풍류선인의 상대가 되겠냐만은……."

애꾸눈이 말끝을 흐린다.

비릿한 미소를 지으며 송현을 바라본다.

파락호에게는 천적이나 다름없는 송현이었지만, 그럼에도 그가 이처럼 물러서지 않고 자신만만한 데에는 믿는 구석이 있었기 때문이다.

애꾸눈은 잠시 멈추었던 말을 이었다.

"상아라는 여자아이 말이오. 그 아이 하나 정도는 쥐도 새도 모르게……."

송현이 상아와 가깝게 지낸다는 것은 악양에서 모르는 사람이 없다. 송현은 상대할 수 없지만, 그렇다고 상아를 상대 할 수 없는 것은 아니다.

애꾸눈의 사내는 상아를 가지고 송현을 협박해 물러서게 할 속셈이었다.

그것이 그가 믿는 구석이다.

"이놈!"

그 목소리에 가장 먼저 소리친 이는 상아의 아버지인 남치국이다.

하지만.

"컥!"

말은 그보다 느렸지만, 그보다 빨리 움직인 사람이 있었다.

송현이다.

어느 틈에 사라진 것인지 송현은 어느새 애꾸눈의 목을 틀어쥔 채 허공으로 들어 올리고 있었다.

화륵!

불길이 치솟는다.

"아악! 아아아악!"

그 불길이 애꾸눈의 사내를 향해 덮쳐갔다.

푸른 불꽃처럼 타오르는 송현의 두 눈이 차갑게 애꾸눈을 노려보고 있었다.

송현이 으르렁거렸다.

"당신은 하지 말아야 할 말을 했습니다."

"……."

순식간이다.

동료들의 치료를 받는 남치국의 눈은 못 볼 꼴을 본 사람처럼 흐리멍덩하게 풀려 있었다.

"사람이 어찌……."

분노한 송현은 무서웠다.

삽시간에 애꾸눈의 사내를 불태워 버렸다.

불길은 애꾸눈의 사내의 생기를 모두 태워 버렸다. 송현의 손을 떠난 애꾸눈의 사내는 숨만 겨우 붙은 채 죽어가는 산송장이나 다름없었다.

그것만이 아니다.

한번 손을 쓰기 시작한 송현의 손속은 잔인하리만큼 지독했다.

애꾸눈의 사내와 함께 온 열 명 남짓한 파락호도 무사하진 못했다. 모두 애꾸눈의 사내와 같이 생기가 모두 사라지고 이빨이 모두 빠진 채 숨만 겨우 붙어 있는 신세가 되어 바닥을 뒹굴어야 했다.

겁먹은 몇몇이 도망치려 했으나, 송현은 그것도 용납하지 않았다.

어느 틈에 따라붙어 불길을 덮어씌워 버렸다.

불과 한 식경도 되지 않은 시간에 벌어진 일이다.

공방의 모든 파락호가 쓰러지고 나서야 송현의 몸을 휘감았던 불길도 사라졌다.

―상아는……. 걱정하지 마세요.

남치국을 부축해 한쪽 의자 위에 앉힌 송현이 한 말이다.

―무, 무슨?

공포에 질린 남치국이 반문했을 때 송현은 차갑게 웃었다. 남치국이 송현을 알게 된 이후 처음으로 가슴이 섬뜩해짐을 느낀 웃음이었다.

—저들은 누구도 건들지 못할 테니까요.

송현이 남긴 말이다.

그리고는 송현은 어디로 간단 말도 없이 사라져 버렸다.

"설마……."

남치국은 송현이 어디로 갑자기 사라졌는지 짐작이 갔다.

악양 뒷골목.

허름한 삼 층 주점.

"아아아악!"

그곳에서 비명이 터져 나온다.

쿵.

머리와 이는 모두 빠진 채 생기를 잃은 피부는 주름이 자글 자글한 채로 누군가 삼 층 창밖으로 뛰어내렸다.

그의 몸은 붉은 불길이 타오르고 있었다.

그 불은 몸을 태우지 않는다. 그렇다고 불길에 타오르는 고 통마저 없는 것은 아니다.

창밖으로 뛰어내린 이는 아직도 정신이 붙어 있는지, 타오 르는 고통에 괴성을 내지르며 바닥을 굴렀다.

그 주점 삼 층에 선 사내는 바닥에 떨어진 수하를 보고 질겁 을 했다.

"무, 무슨……. 이런 엿 같은!"

독와(毒蛙), 독개구리.

흔히 악양 뒷골목에서는 그를 그렇게 불렀다. 퉁퉁한 체구에 어울리는 투실투실한 볼이 개구리의 볼과 닮아 있어서이기도 했고, 여색을 밝히는 그의 성정 때문이기도 했다.

하지만 그가 진정 독와라 불리는 이유는 그의 지독한 독기 때문이기도 했다.

독와는 그 독기 하나로 이 자리에 올랐다.

아래로 쉰이 넘는 수하들을 거느리고 있고, 위로는 그를 감싸줄 만한 바람막이마저 튼실하게 갖추어 놓았다. 그리고 악양에서도 노른자위나 다름없는 중심가 일부를 그의 영역으로 두고 있었다.

내내 눈치를 보아야 했던 악양의 정도문파가 최근 무림맹의 지원 때문에 몸을 사리는 틈을 타서 제법 재미를 보고 있었다.

오늘 아침까지만 해도 그는 자신의 인생이 이제야 탄탄대로를 향해 나아가고 있다고 확신하고 있었다.

그런데 그 모든 것이 망했다.

단 한 명의 손님 때문이었다.

붉은 불길에 전신을 불태우는 괴물. 그 괴물의 두 눈엔 푸른 귀화가 타오르고 있었다.

그리고 불행히도 독와는 눈앞에 괴물의 정체를 알고 있었다.

"풍류선인……."

풍류선인 송현.

갑자기 들이닥친 그는 아무런 말도 없이 그의 조직원들을 불태워 버렸다.

지금도 문밖에는 불길에 휩싸인 채 고통스러워하는 수하들의 비명이 가득했다.

"대체! 대체 우리와 무슨 원한이 있다고 이러시는 것입니까!"

참다못한 독와가 버럭 소리를 질렀다.

그 외침에 송현의 시선이 독와에게 닿았다.

"헙!"

독와는 신음을 삼켰다.

심장이 얼어붙는 것만 같은 공포가 밀려든다.

거친 뒷골목에서 평생을 살아온 독와는 이 같은 공포는 처음이었다.

마치 독사를 마주한 개구리가 이런 신세이지 않을까 싶을 정도다.

손가락 하나 까딱하기가 무섭다.

"제, 제 말은 그냥……."

"애꾸눈의 사내가 그러더군요."

"애꾸눈? 애꾸? 각삼이? 각삼이를 만나셨습니까?"

송현의 말에 독와는 한 사람을 떠올렸다.

각삼은 그의 수하다. 애꾸눈인 탓에 인상이 반은 먹고 들어가는 뒷골목에서도 독보적인 인상을 자랑하는 녀석이다. 저돌적인데다가 은근히 머리도 좋고 배포도 좋아 독와가 아끼는 수하였다.

그래서 독와는 그를 조직의 행동대장격으로 인정하고 있

었다.

'그런데 그 녀석이 왜?'

의문이 가득한 독와의 시선에 송현은 고개를 끄덕였다.

"예, 만났지요. 그가 그러더군요."

"뭐, 뭐라고 하였기에⋯⋯?'

"저보고 얌전히 물러나지 않으면 상아를 노리겠다더군요. 저는 건드릴 수 없지만, 힘없는 여자아이인 상아는 쥐도 새도 모르게 해칠 수 있다고."

"각삼, 이 미친!"

독와는 와락 인상을 찡그렸다.

건드리지 말아야 할 사람을 건드렸다. 차라리 무림문파를 건드릴 것이지, 풍류선인을 건드려 버렸다.

풍운조화를 자유자재로 부리고 호국염왕이라는 이름까지 얻은 풍류선인은 사람의 힘으로 감당할 수 있는 존재가 아니었다.

그것을 지금 두 눈으로 확인하고 있지 않은가.

말 한 번 잘못했다가 조직이 통째로 날아가게 생겼다.

"사, 살려주십시오!"

독와는 목숨을 구걸했다.

일이 이렇게 된 이상, 아니, 애초에 반항 자체가 안 되는 상대다.

그렇다면 최선은 목숨만은 살려주길 비는 것이다.

살아야 다음이 있는 법이니까.

"당신들을 살려드리면 당신들은 또다시 힘없는 백성을 갈취하고 겁박할 뿐입니다."

"떠, 떠나겠습니다. 악양에서 멀리 떠나 조, 조용하게 살겠습니다. 다, 다시는 다른 사람을 갈취하는 일도 없을 것입니다! 맹세! 맹세합니다!"

독와가 두 손을 싹싹 빌며 고개를 숙였다.

우뚝.

그 말에 송현의 움직임이 멈춘다.

'돼, 됐나?'

멈춘 송현의 움직임에 독와의 마음에도 희망이 피어났다.

"저 도, 독와 비록 더러운 뒷골목에 사는 놈이지만 그래도 사내입니다. 사내가 어찌 한 입으로 두말하겠습니까. 믿어주십시오!"

그 희망에 독와는 되는 대로 입을 놀렸다.

지금 독와의 머릿속에는 당장의 위기를 무사히 넘겨야 한다는 생각뿐이었다.

송현은 그런 독아를 가만히 보았다.

"거짓말을 하고 있군요. 당신은 처음부터 자신이 한 말을 지키는 사람이 아니었습니다."

독와는 모른다.

송현은 독와의 몸에 묻은 가락과 울림을 볼 수 있다.

독와가 어떻게 살았는지, 그가 진정 거짓 없는 사람인지는 그 가락과 울림이 전해주는 이야기만으로도 단편적으로 알 수 있었다.

"…염병!"

독와의 입에서 욕이 튀어나왔다.

"머, 멈춰라! 나를 건드리고도 네가 무사할 줄 아느냐! 내 뒤에는……."

구걸도 통하지 않으니 협박을 한다.

파락호의 전형적인 행동이다.

하지만 그런 독와의 행동은 각삼과 같은 실수를 범하고 있었다.

송현은 말했다.

"걱정하지 마세요. 곧 그들도 찾아갈 테니까요."

송현이 손을 내민다.

붉은 불길에 휩싸인 손은 닿기만 해도 불길이 옮겨 붙는다.

독와는 그것을 보았다.

"아, 안 돼!"

시야를 가득 채운 송현의 손바닥의 모습에 독와는 공포에 질려 소리쳤다.

하지만.

턱!

송현의 손은 독와의 얼굴을 틀어쥐었다.

"아아아아악!"

불길에 휩싸인 독와의 비명이 뒷골목을 가득 채웠다.

송연의 말은 허언이 아니었다.

송현이 독와를 찾아갈 수 있었던 것은 각삼의 몸에 묻은 이야기를 통해서였다. 독와를 찾아간 송현은 그의 몸에 묻은 이야기를 보았다. 독와의 뒤를 봐주는 세력의 정체를 알았다.

하나, 둘.

그렇게 파락호의 세력을 정리해 나가기 시작했다.

물고 물리는 먹이사슬.

하나를 끝내면 또 하나가 나온다. 그 하나를 끝내면, 새로운 하나가 등장한다.

송현도 놀라울 지경이었다.

그렇게 송현은 독와 패거리와 관련된 모든 것을 지워냈다.

'나 혼자서는 불가능해.'

하지만 그렇게 모든 것을 지워낸 송현은 절감하고 있었다.

혼자의 힘으로 민초를 좀먹는 파락호들을 모두 정리할 수는 없는 일이었다.

그렇기에는 너무 많았다.

송현이 지워낸 파락호들조차 악양의 일부에 불과했다.

그리고 지워낸다고 한들, 그 빈자리는 새로운 파락호들이 나타나 채워 나갈 것임을 안다.

당장은 이번 사건으로 몸을 사리겠으나, 그것이 영원하지 않을 것이란 것도 알고 있었다.

송현은 한 사람을 찾아갔다.

그렇게 송현이 한 사람을 찾아가는 사이.

송현이 악양의 파락호들을 징벌했다는 소문은 삽시간에 악양 전역으로 번져가고 있었다.

*　　　*　　　*

"어서 오시게."

도지휘첨사 하서택은 자신을 찾아온 손님을 맞이하였다.

오랜만에 마주하는 얼굴이다.

"요즘은 악양루에서 주최하는 동호연에는 안 나오는 모양이더군."

악양루 동호연에서 만난 인연.

"불귀……. 악양루 악사들의 연주 실력도 뛰어나지만, 나는 자네가 그때 연주한 그 불귀가 다시 듣고 싶었네."

"좋게 보아주셔서 감사합니다."

도지휘첨사의 말에 겸손의 대답이 돌아왔다.

지난날.

무관인 도지휘첨사의 앞에서 불귀를 노래한 이.

그 불귀로 도지휘첨사의 마음을 사로잡은 사내.

도지휘첨사를 찾아온 손님은 송현이었다.

"허허! 겸손은……. 요즘은 풍류선인이라 불린다지?"

송현을 대하는 하서태의 모습에서는 호의가 가득했다.

그도 그럴 것이 송현은 하서태가 스스로 잊었다고 생각했던 젊은 날의 혈기를 다시 찾아준 사람이었다.

이렇게 송현의 얼굴을 마주하고 있는 것만으로도 젊었을 적의 모습으로 돌아간 듯한 기분이었다.

"아! 절강에서의 활약도 들었다네. 아주 대단하더군. 호국염왕이라……. 허허! 참으로 부러운 별호야."

"……."

계속되는 도지휘첨사의 칭찬에 송현은 입을 다물었다.

과례는 비례다.

끝까지 과찬이라 말할 수도 없었고, 그렇다고 고개를 끄덕이며 스스로 얼굴에 금칠할 수도 없는 처지였다.

고개 숙인 송현의 침묵에 하서택은 껄껄 웃음을 터뜨렸다.

"허허허! 이런! 내 주책을 떨었군. 그래! 무슨 일인가?"

무관인 탓일까.

하서택의 질문은 직설적이었다.

송현은 그 직설적인 질문을 마다치 않았다.

"최근 악양의 사정에 대해서 알고 계시는지요?"

"악양의 사정?"

"예, 힘없는 백성을 수탈하는 파락호들 탓에 몸살을 앓고 있습니다. 그동안 조용했던 사파와 마도 세력들도 세를 확장하려 하고 있지요."

"흠……! 그런 일이 있었는가?"

송현의 이야기에 하서택의 얼굴이 무겁게 굳었다.

"주제넘은 말이었다면 죄송합니다."

송현은 도지휘첨사의 기분이 상할까 언행에 신중을 기했다.

그런 송현의 고개 숙임에 도지휘첨사는 고개를 가로저었다.

"아니야. 아닐세. 고맙군. 그런 이야기를 해주어서. 걱정하지 않아도 될 걸세. 내가 각별히 신경 쓰지."

"감사합니다."

송현은 고개를 숙였다.

그러나.

'알고 있었어.'

송현의 마음은 이미 복잡하게 얽히고 있었다.

도지휘첨사는 이미 악양의 상태를 알고 있었다. 마치 처음 듣는 이야기인 듯 말했으나, 그렇기에는 그는 거짓말에 능한 사람이 아니었다.

아니, 거짓말을 해도 상관이 없다.

그의 몸에 묻은 이야기들이 사실을 속삭이고 있었다.

최근 치안이 불안해진 악양의 상황을 그는 벌써 보름 전에 보고를 통해 알고 있었다.

'하지만 왜?'

의문이 인다.

송현은 고개를 들어 도지휘첨사를 바라보았다.

그의 몸에 묻은 이야기에 좀 더 깊게 귀 기울이기 위해서였다.

"내 얼굴에 뭐라도 묻었는가?"

하지만 하성택의 물음에 더는 그의 몸에 묻은 울림에 자세히 귀 기울일 수 없었다.

"잘 가시게나."

하서택의 배웅을 받으며 문을 나섰다.

탁.

문이 닫히는 순간.

송현은 곧장 걸음을 옮기지 못하고 멈춰 섰다.

"……"

심각한 얼굴.

무거운 침묵.

"음……!"

그러다 이내 침음이 흘러나왔다.

닫힌 문 너머로 전해지는 도지휘첨사의 집무실 소리.

'도지휘첨사께서는 결국 움직이지 않으시겠구나!'

송현은 속으로 안타까운 마음을 삼켜야 했다.

닫힌 문 건너편에서부터 전해지는 소리에서, 송현은 이야기를 엿들었다.

도지휘첨사는 움직일 수 없다.

악양을 좀먹는 파락호와 사마의 세력은 도지휘첨사가 어찌할 수 있는 대상이 아니다.

그러기에는 도지휘첨사의 손발은 이미 묶여 있었다.

충격적인 것은.

'백성의 피해를 외면해야 하는 이유가 욕심이 아닌 충심 때문이라니……'

도지휘첨사의 손발을 묶은 것이 욕심이 아닌 충심이라는 것
이었다.

*   *   *

송현이 도지휘첨사의 방을 나서고 한 달 뒤.

무림의 변화는 뚜렷하게 나타나고 있었다.

재천회가 섬서에까지 진입했다. 감숙과 녕하. 섬서의 몇몇
무파는 재천회에 투항해 그들의 편에 섰다. 무림맹을 중심으
로 중원의 주도권을 잡은 정파 세력의 눈치를 보며 숨죽이던
사파와 마도의 세력 또한 재천회의 편을 들었다.

무림맹도 빠르게 움직였다.

각파에서 몰려든 무사들을 중심으로 조직을 가다듬고, 북진
했다. 지금도 중원 각지에서 무림맹을 지원하기 위해 몰려드
는 정파의 무사들이 출정한 무림맹의 세력을 좇아 섬서로 향
하고 있었다.

그렇게.

섬서 위하평원(渭河平原)엔 감숙에서부터 내려온 재천회의
무사들과, 호북에서 북진해 온 무림맹의 무사들이 대치하고
있었다.

멀리서 보기에는 무림맹의 전력이 압도적인 우위를 보인다.

재천회에 전력은 일천을 겨우 넘는다.

그에 반해 무림맹의 전력은 삼천을 훌쩍 넘는 규모다.

세 배가 넘는 전력의 차이.

거기에 별다른 전략을 두 세력은 위하평원을 결전지로 삼았다.

"자네 말대로야."

맹주는 감탄하며 사마중걸을 바라보았다.

총군사 사마중걸은 위하평원을 결전지로 꼽았다. 빠른 기간 내에 승부를 보아야 한다고 말한 것은 맹주였지만, 그것을 가능하게 만든 것은 사마중걸이었다.

맹주의 감탄에 사마중걸은 고개를 저었다.

"그저 서로가 원하는 바가 같았기 때문이지요."

"원하는 바가 같다?"

"저들이라고 왜 수적 열세를 생각지 않겠습니까. 그러나 저들도 아는 것이지요. 자신들이 영역을 확장해 세력을 늘리는 동안, 우리 무림맹 또한 그저 가만히 있지만은 않을 것임을 말입니다. 무림맹을 지원하는 세력이 더는 늘기를 원치 않은 것입니다."

"그래서 저들도 단기전을 원한다는 말이군?"

"예, 또한, 연합이란 체제는 어쩔 수 없는 위험성을 안고 있지 않습니까."

"그렇지. 연합은 구심점이 사라져 버리면 스스로 자멸해 버리고 말지."

무림맹을 이끄는 무림맹주이기에 더욱 잘 알고 있었다.

더구나 유건극은 그 약점을 이용해 북궁정이 빠진 오대원령을 한 번에 정리하기도 했었다.

"나를 치겠다는 것이로군!"

맹주의 입술이 비틀려 올라갔다.

"예! 그렇기에 이러한 진을 친 것이지요."

"지원 온 무사들을 나누어 배치하고 그 중심에 나와 신풍대, 천권호무대를 놓았지. 저들이 위험을 감수하고서라도 내게 덤벼들 수 있도록."

"예, 그렇습니다."

무림맹은 사마중걸의 주도하에 조직을 구성했다.

지원 온 무사들을 나누고, 무림맹 무사들을 각각 나누어 각 조직을 이루게 했다. 그에 반해 맹주인 유건극을 지키는 것은 신풍대와 천권호무대가 전부다.

그러다 보니 날개는 두껍고, 중심에 선 맹주의 전력은 빈곤하다.

재천회가 전력을 물리고 돌아서 장기전을 생각지 못하게 하기 위한 배치였다.

애초에 단기전을 생각하지 않았다면 삼천이나 되는 숫자를 이곳에 모으지도 않았을 것이다. 시간이 지나서 합류하는 무사들의 숫자가 많아질수록 무림맹의 전력은 강력해진다. 하지만 그만큼 위험요소도 커질 수밖에 없다.

삼천이나 되는 숫자의 전력이 소비하는 보급품을 감당하는 일도 쉬운 일이 아니다. 그 숫자가 많아지면 그 일은 점점 더 어려워 질 수밖에 없다.

어떻게든 제천회와의 결전은 단기전으로 끝을 보아야 한다.

그럼에도 사마중걸은 유건극의 안색을 살폈다.

"괜찮으시겠습니까? 위험한 일입니다."

맹주의 승인을 받고 진행한 일이지만 맹주가 스스로 미끼가 되어야 하는 것은 변하지 않는다.

사마중걸은 그것이 못내 마음에 걸리는 표정이다.

맹주는 웃었다.

"허허허! 내게는 신풍대가 있는데 무슨 걱정인가!"

맹주가 위험을 자초한 것.

그 믿음의 한편엔 신풍대가 있었다.

"저들이 기습해 온다 한들 신호탄만 쏘아 올리면 곧 무림맹의 전력들이 이곳으로 지원 올 것일세. 일이 잘못된다 하여도 그동안만 버티면 될 일이야. 나는 자네가 신풍대를 그 시간도 버티지 못할 만큼 나약하게 키웠다고는 생각하지 않아."

"…예."

맹주의 말에 사마중걸이 무겁게 고개를 끄덕였다.

계획을 세운 것은 맹주였지만, 신풍대를 키우는 일을 진두지휘한 것은 사마중걸이었다.

마공을 익히게 했다.

단기에 무력을 끌어올리기에는 마공만큼 좋은 것도 없었다. 천 명의 아이로 시작된 신풍대 육성계획은 그 숫자가 백이 되어서야 완성되었다.

그것으로도 모자라 사마중걸이 직접 만든 검진까지 익혔다.

다수, 그리고 강력한 소수.

사마중걸은 신풍대의 능력이라면 능히 혈천패도 노려볼 만하다 장담했었다.

그런 신풍대이기에 맹주가 이처럼 자신만만할 수 있었다.

"그런데."

맹주가 돌연 웃음을 감췄다.

"말씀하시지요."

사마중걸이 그런 맹주의 모습에 촉각을 곤두세우며 고개를 숙였다.

"나는 총군사를 믿네. 허나, 지금 재천회를 이끄는 이가 단호영이라는 점이 불안하군. 그는 절대 승리를 확신하지 않으면 움직이지 않으려 할 것인데?"

단 한 번의 결전으로 모든 것을 결정지으려 한다.

만약 저들이 결전을 피한 채 장기전으로 상황을 몰고 간다면 곤란해지는 것은 무림맹이 되어버린다.

무엇보다 재천회의 회주라는 존재가 단호영이기에 그 불안은 더욱 컸다.

"움직일 것입니다."

맹주의 걱정에 사마중걸이 확신에 찬 대답을 내놓았다.

"허허. 총군사께서는 저들이 움직일 것이라 자신하는군그래."

맹주는 웃었다.

하지만 총군사는 웃지 않았다.

오히려 더욱 강하게 자신의 자신감을 드러냈다.

"설혹 저들이 움직이지 않는다면 그땐 제 목을 걸지요."

사마중걸은 확신하고 있었다.

재천회는 반드시 그의 계책대로 움직인다.

＊　　　　＊　　　　＊

맹주와 총군사가 이야기를 나누고 있을 때.

단호영 또한 삼 사신과 함께 이야기를 나누고 있었다.

"범의 아가리로 뛰어드는 꼴이로군요."

단호영은 저 멀리 보이는 무림맹 진형의 형태를 살피며 눈을 찌푸렸다.

그의 눈엔 맹주가 자리하고 있을 방향으로 나아가는 일은 그리 내키지 않는 일이었다.

어렴풋이 맹주의 의도를 느낄 수 있었기 때문이다.

그런 단호영의 말에 삼 사신 중 한 명이 나서 말했다.

한때 백마신궁의 좌호법으로 있었던 공열이었다.

"천주께서는 걱정치 말라 하셨습니다."

"그분이요?"

"예."

천주라는 말에 단호영은 입술을 깨물었다.

절대로 거부할 수 없는 존재다. 그는 삼 사신의 주인이기도 한 동시에, 혈천패의 주인이기도 했다.

나아가 단호영을 지금 이 자리에 앉힌 장본인이기도 했다.

얼굴 한 번 보지 못한 존재였으나, 단호영은 그가 두렵다.

"그분의 말씀이시라면 따라야겠군요."

단호영은 고개를 주억거렸다.

그러나 그렇다고 근심이 사라지는 것은 아니다.

공열은 다시 입을 열었다.

"천주께서는 이번 일전이 회주께서 중원의 주인 될 자격이 있음을 증명할 수 있는 자리라 하셨습니다."

"제가 말입니까?"

"예, 무림은 결국 가장 강한 자가 높은 곳에 오를 자격이 있는 곳이라 하셨지요. 내일이 지나면 회주께선 그 자격을 얻으실 것입니다."

"제가 맹주를 죽여야 한단 말이로군요. 맹주는 북궁정과는 다를 텐데 걱정입니다."

맹주는 북궁정과 다르다.

북궁정은 평생을 이인자로 살아온 인물이었지만, 맹주는 그런 북궁정을 평생 이인자로 살아가게 한 인물이다.

세간에는 그 두 사람의 무위를 비슷하다 평가했었지만, 그 평가가 얼마나 터무니없는지는 지난 오대원령을 척살할 때에 보인 유건극의 무위만 보아도 알 수 있는 일이었다.

"지지는 않겠으나, 이기기도 쉽지 않을 텐데 말입니다."

그것이 단호영의 평가였다.

나가토의 팔을 얻은 단호영은 과거 청령단을 이끌던 단호영이 아니었다.

그러니 지지는 않을 것이다. 하지만 그렇다고 맹주를 경시하는 생각도 들지 않았다.

"그 또한 걱정하실 것은 없을 것입니다."

"이유를 알고 싶군요."

"천주께선 내일 회주께서 만나실 맹주는 결코 회주님의 일검조차 받을 수 없을 것이라 하셨습니다. 회주께서 그리 만들 것이라 하셨습니다."

공열의 대답.

그 대답엔 진한 믿음이 가득했다.

마치 종교에 미친 광신도에게서나 찾아볼 수 있을 법한 절대적인 믿음이다.

번들거리는 공열의 눈가에 웃음이 번진다.

"대계는 백마신궁이 맹주의 손에 무너지기 이전부터 진행되고 있었습니다. 그러니 누구도 천주께서 설계한 대계를 비틀 수는 없습니다."

"대체 그것이 무슨 뜻인지 모르겠군요."

확신에 찬, 차라리 광기라 말해도 좋을 만큼의 자신감을 보이는 공열의 모습에도 단호영은 고개를 가로저었다.

그와는 달리 단호영은 천주를 보지 못했다.

그와 같이 절대적인 믿음을 갖지도 못했다.

단호영에게 천주는 그저 자신의 야망을 실현해 줄 수 있는 존에 불과했으니까.

그런 단호영의 대답에도 공열은 웃음을 잃지 않았다.

"무엇을 걱정하십니까. 어차피 내일이면 모두 확인할 수 있으실 것입니다."

내일이면.

회주가 세웠다는 대계가 무엇인지 확인할 수 있다.

회주의 대계가 틀어졌다면 재천회와 단호영은 사라질 것이고, 대계가 틀리지 않았다면 무림맹은 몰락할 것이다.

그 말에 단호영도 웃을 수밖에 없었다.

"그렇군요. 내일이면 제가 무림의 주인이 될 것인지, 아닌지 결정 나겠군요."

걱정은 기대로 바뀌었다.

야망으로 꿈틀거리는 심장은 벌써부터 미친 듯이 날뛰었다.

그렇게 해가 저물었다.

10장
독설(毒舌)

자욱한 안개가 꼈다.

그 안개를 뚫고 누군가 걸어왔다.

"음……!"

유건극은 침음성을 삼켰다.

그를 위해 특별히 마련되었던 막사를 벗어나 주위를 살폈다.

"기침하셨습니까!"

이미 먼저 일어난 총군사와 신풍대. 그리고 천권호무대의 시선이 맹주를 향한다.

아무런 언질도 없이 막사를 나온 맹주의 행동이 의아한 듯했다.

다가온 사마중걸의 인사에 맹주는 손을 들어 말을 가로막았다.

"방어 채비를 갖추시게."

"예?"

사마중걸이 놀라 묻는다.

그러나 맹주는 더 이상 사마중걸의 궁금증을 풀어줄 마음의 여유가 없었다.

차차창!

그 사이 신풍대와 천권호무대가 각자 무기를 뽑아 들고 주위를 경계한다.

그리고.

"나오십시오!"

별안간 유건극의 외침이 평원을 울려 퍼졌다.

"……."

평원은 메아리조차 돌아오지 않는다.

그 침묵 속에서 맹주는 두 눈에 힘을 가득 주었다.

저벅. 저벅. 저벅.

안개 속에서 누군가 걸어왔다.

사람의 그림자다.

이상한 것은 그 사람의 그림자에 드러난 팔이 유난히 길다는 것이다.

아니, 팔이 아니다.

무기다.

왼손엔 피처럼 혈광이 흘러나오고, 오른손엔 찬란한 금빛 휘광이 번쩍인다.

"누구시오."

마침내 안개 속의 그림자가 걷히고 사람의 모습이 드러났다.

서른이나 되었을까. 금빛 곤룡포를 입은 그의 얼굴은 붓으로 그린 듯한 눈썹은 짙고 곧고, 코는 오뚝했다. 굳게 다문 입술은 고집이 느껴진다.

잘생긴 미남자였다.

하지만.

유건극은 처음 마주하는 얼굴이었다.

양손에 각각 쥔 금도(金刀)와 혈검(血劍)으로 보아 그 또한 무림인인 듯했지만, 그에게서는 아무런 기색도 느껴지지 않았다.

아니, 무공을 익힌 흔적조차 보이지 않았다.

그러나 그를 마주한 맹주는 눈에 띄게 긴장하고 있었다.

'나를 부른 자가 저자란 말인가?'

누군가의 부름을 듣고 막사에서 나왔다.

아니, 그것은 부름이 아니었다.

그저 존재감이었다. 거대한, 하지만 막상 쫓으려 하면 사라지는 이상한 존재감이었다.

"천권 유건극."

안개 속에서 나타난 미남자는 유건극의 이름을 입에 올렸다.

무심하다.

아무런 감정의 조각조차 느껴지지 않는 얼굴이다. 그것은 그의 목소리 또한 마찬가지다.

잘생긴 얼굴이었고, 듣기 좋은 목소리였지만 그것은 살아 있는 사람의 것이 아닌 듯한 착각을 불러일으켰다.

"금황신권은 제대로 익혔군. 기대 이상이었다."

그는 맹주의 시선을 받으며 무심히 이야기했다.

"흡!"

그 무심한 이야기에 맹주가 눈을 흡 떴다.

금황신권(金皇神拳).

맹주의 어린 날 그의 집 화로 속 잿더미에서 찾아낸 무공의 이름이다.

맹주가 금황신권을 익혔음은 이미 강호에서 누구나 알 수 있는 일이었다.

하지만 맹주는 그의 그 말을 그냥 넘길 수만은 없었다.

'기대 이상이었다니?'

그는 마치 맹주의 무공 성취를 평가하는 듯하지 않은가!

"…그대는……. 누구냐!"

맹주의 목소리가 낮게 뇌 깔렸다.

그의 몸은 긴장으로 빳빳하게 곧추섰다.

그런 맹주의 경계에도 미남자는 전혀 개의치 않았다.

"나를 만나고 싶어했다지? 천주. 지금 네게 가르쳐 줄 이름은 이것뿐이로군."

"······."

"또한, 네게 금황신권을 전한 주인이다."

"놈!"

맹주는 벼락이라도 맞은 듯 몸을 부르르 떨었다.

'그'다.

일평생을 바쳐 찾아 헤맸던 존재.

세상 어딘가에 숨어 무림을 조정하던 존재.

그가 지금 눈앞에 있다.

'드디어!'

지금 이 순간.

유건극은 알 수 없는 희열을 느끼고 있었다.

그와 마주하기 위해 험난한 길을 걸었다. 유건극이 가진 모든 것을 버리고 바쳐야만 했다.

사람이길 포기하기도 했고, 남편이길 포기하기도 했다. 아비이길 포기하기도 했다.

그렇게 모든 것을 포기하고 오로지 그와 마주 할 날만을 손꼽아 기다렸다.

그리고 이제야 만났다.

희열 속에서.

"모두 전투를 준비하라! 수단과 방법은 가리지 않는다. 저자를 죽여라!"

맹주는 소리쳤다.

신풍대. 천권호무대를 향해서 내리는 명령이었다.

"총군사께선 어서 신호탄을 쏘아 올리시오!"

그리고 사마중걸을 향해 또 다른 명령을 내렸다.

평원에 퍼져 있는 무림맹의 모든, 무인들을 불러 모으는 명령이었다.

모든 명령을 마친 맹주는 '그'를 노려보았다.

얼굴엔 웃음꽃이 번졌다.

"드디어! 드디어 너와 마주할 수 있게 되었구나! 드디어 너의 족쇄에서 벗어날 수……."

"착각하고 있군."

'그'의 짧은 감상.

맹주는 하던 말을 멈추고 주위를 살폈다.

"이건……!"

희열에 가득 차올랐던 맹주의 눈빛이 흔들렸다.

신풍대가.

검을 들고 있다. 그런데 그 검이 향한 곳은 '그'가 아니다.

신풍대의 검은 유건극을 향해 겨누어져 있었다.

그리고 보니 신호탄조차 쏘아지지 않았다.

유건극의 시선은 급히 총군사를 향했다.

총군사는 유건극의 시선을 받으면서도 끝끝내 손에든 신호탄을 쏘아 올리지 않았다.

"죄송합니다, 맹주."

총군사가 그런 맹주를 향해 고개를 숙인다.

하지만 그뿐이다.

맹주의 표정이 일그러졌다.

"이게 무슨 일인가!"

노한 맹주의 시선이 '그'를 향해 돌아갔다.

직감하고 있었다.

이 예상치 못한 상황의 중심에 '그'가 있음을.

'그'는 말했다.

"착각하지 마라, 천권. 처음부터 너는 나의 손을 벗어난 적이 없으니."

차분한 그 목소리.

맹주는 마치 세상이 무너져 내리는 것만 같은 착각이 일었다.

"허……. 허허허허허허!"

유건극은 돌연 광소를 터뜨렸다.

하늘을 향해 고개를 치켜들고 웃음을 터뜨린다.

뚝.

돌연 웃음소리가 멎었다.

고개를 푹 숙여 버린다.

그런 맹주의 입에서 나지막한 물음이 흘러나왔다.

"총군사, 그대는 처음부터 나의 사람이 아니었군?"

누구도 믿지 말라 했다.

하지만 그럼에도 믿었다.

죽은 부인과 함께 처음으로 '그'의 존재를 믿어준 사람.

그렇기에 온갖 더러운 길을 함께 걸을 수 있었던 사람. 그러나 그 사람은 처음부터 유건극의 사람이 아니었다.

"죄송합니다, 맹주님."

"그렇군."

사마중걸의 대답에 유건극은 고개를 끄덕였다.

"무림맹의 주인은 당신입니다. 하지만 이 큰 무림맹에서도 당신은 혼자입니다. 마지막까지 당신은 혼자일 것입니다. 당신의 사람은 이미 당신이 버렸으니까요."

송현이 떠나던 날 남기고 간 말이 떠오른다.

그 말이 맞았다.

유건극은 무림의 주인이었으나, 그 무림에서도 혼자였다. 그리고 그 마지막까지…….

'아니, 아니다!'

유건극은 고개를 가로저었다.

유건극의 시선이 어디 론가로 향했다.

신풍대.

아니, 그들의 등 너머.

'천권호무대!'

천권호무대가 보인다.

거도를 꺼내 든 채 당장에라도 이쪽으로 뛰어들 기회를 노리고 있는 진우군의 모습이 보인다.

송현은 마지막까지 유건극은 혼자일 것이라 했지만, 그 말은 틀렸다.

'아직 내게는 천권호무대가 있다!'

고작 다섯뿐이지만 혼자는 아니다.

'하지만!'

유건극은 눈을 반짝였다.

"천권호무대는 당장 이곳을 떠나라! 살아남아라!"

유건극은 끝내 혼자를 택했다.

송현의 말이 맞았다.

마지막 순간까지 유건극의 곁엔 아무도 없었다. 하지만 그것은 유건극이 선택한 마지막이다.

유건극은 '그'를 향해 뛰어들었다.

금빛으로 빛나는 유건극의 두 주먹이 '그'를 향해 내질러졌다.

유건극은 소리쳤다.

"아직 끝난 것은 없다!"

*　　　*　　　*

'그'는 갔다.

왜인지는 모른다. '그'는 유건극이 살아 있음을 알면서도 가버렸다.

흔적도 없이.

마치 처음부터 존재하지 않았던 신기루처럼 사라져 버렸다.

"쿨럭!"

유건극은 후들거리는 다리를 애써 부여잡으며 선혈을 토해 냈다. 겉으로는 멀쩡했지만, 그 속은 아니었다.

'그'는 처음부터 유건극의 상대가 아니었다.

유건극의 상대는 신풍대였다.

스스로 육성을 계획했던 신풍대는 유건극 자신을 죽이는 검이 되어 돌아왔다.

그들이 익힐 마공을 정하고, 그들을 키우기 위해 사마중걸을 책임자로 두었었다.

신풍대의 강함은 맹주의 기대 이상이었다.

마공으로 연성된 그들의 내력은 유건극의 내력을 갉아먹었고, 사마중걸의 진을 익힌 그들의 합격(合擊)은 유건극의 체력을 고갈시켰다.

그러나 끝내 승자는 유건극이었다.

이 자리에 두 발로 버티고 서 있는 자는 유건극과, 전투에서 한발 물러서 있던 사마중걸뿐이었다.

"믿었었네."

"죄송합니다. 맹주."

유건극은 비틀거리는 몸으로 사마중걸을 향해 다가갔다.

사마중걸마저 끝낼 생각이었다.

사마중걸을 죽이고 나면……

어쩌면 희망이 있을지도 모른다. 한번 '그'를 보았으니 두 번도 볼 수 있을 것이다.

그때.

휘이이잉. 펑!

사마중걸이 신호탄을 쏘아 올렸다.

멀리 무림맹 진형의 깃발이 움직이는 것이 보였다.

"이제 와서 그게 다 무슨 소용인가."

지금에야 신호탄을 쏘아 올렸다고 해도 달라지는 것은 없다. 유건극은 자신을 배신한 사마중걸을 죽일 것이다.

하지만.

"……."

유건극은 사마중걸을 향해 다가서던 걸음을 멈추었다.

"오랜만이군요."

등 뒤에서 들려오는 목소리.

'허헛! 나도 다 되었군.'

맹주는 속으로 헛웃음을 삼키며 몸을 돌렸다.

"오랜만이야. 청령단주, 아니, 이제는 재천회주라 불러야 맞는 말이겠지?"

그의 등 뒤에는 단호영과 그를 따르는 재천회의 무사들이 가득 차있었다.

지친 몸에, 고갈된 내공.

그 탓에 이토록 많은 숫자의 인원이 다가오는 것조차 알지 못했다.

그리고.

이내 신호탄을 보고 달려온 무림맹의 무사들도 사마중걸의 등 뒤에서 모습을 드러냈다.

앞에는 재천회의 무사들이.

뒤로는 무림맹의 무사들이.

"그렇군."

맹주는 '그'가 어찌하여 살아 있는 자신을 두고 간 것인지, 사마중걸이 왜 이제야 신호탄을 쏘아 올렸는지 알 수 있었다.

"나는 제물이었던가?"

단호영이 강호의 새로운 주인이 될 자격이 됨을 증명해 줄 주인.

'그'는 유건극의 단호영의 검에 죽어가도록 계획한 것이다.

재천회, 그리고 무림맹의 모든 사람이 보는 앞에서 말이다.

'그럴 수야 없지!'

처음부터 '그'가 계획한 대로 움직였다면, 죽음만큼은 '그'의 계획에서 벗어나고 싶었다.

"청령단주, 아니, 재천회주."

"하시고 싶은 말씀이라도 있으신가 보군요. 목숨을 구걸하신다면 살려드릴 마음도 있습니다."

"마음에 없는 소리 말게."

"하하하. 티가 났나요?"

실없는 대화가 오갔다.

그 실없는 대화 속에서 맹주는 웃음은 더욱 짙어졌다.

유건극은 한 번 더 단호영을 불렀다.

"정령단주."

"예, 말씀하시지요."

이미 승리는 자신의 것이라 생각했는지 단호영은 여유로웠다.

"자넨, 늦었어."

"그게 무슨……. 이런!"

유건극의 말에 의문을 표하던 단호영이 급히 유건극을 향해 몸을 날렸다.

광속검.

나가토의 팔을 얻은 단호영의 검은 빛보다 빠르다.

하지만.

단호영이 얻은 것은 나가토의 팔이지, 그의 다리가 아니었다. 단호영의 다리는 빛보다 느렸다.

그렇게 단호영이 유건극을 향해 달려오는 사이.

유건극은 하늘 높이 손을 들어 올렸다.

퍽!

그리고 스스로 청령개를 내려쳤다.

왈칵!

스스로 숨을 끊었으니 몸 안에 핏물이 입을 통해 분수처럼 쏟아져 내렸다.

"허허허, 늦었다 하지 않았는가!"

유건극은 단호영을 보며 웃었다.

스확!

단호영의 검이 유건극의 목을 치고 지나간 것은 그보다 조금 늦은 뒤의 일이었다.

툭.

유건극의 머리가 바닥을 굴렀다.

그러나 유건극은 웃고 있었다.

스스로 '그' 의 계획에서 벗어났음이 즐거운 듯 보였다.

*　　　　*　　　　*

"황조답지 않습니다."

유건극을 만나고 온 황조를 향해 소연 공주가 말했다.

"그렇게 보였나?"

"황조께서는 무림에 전면으로 모습을 드러내지 않으시지 않으셨지 않사옵니까. 눈에 보이면, 언젠가 저들이 황조를 벗어나려 들 것이라고요."

지배당하는지 모르고 살아가는 무림인이다.

그들이 스스로 누군가에 의해 지배당하고 있다는 사실을 알게 된다면 그들은 대를 이어 지배에 벗어나기 위해 발버둥 칠 것이다.

황조는 항상 그렇게 말했다.

그가 힘을 가지고도 항상 흑막 뒤에서 대계를 진행했던 것 또한 그 때문이었다.

그런 그가 직접 유건극의 앞에 모습을 드러냈다.

소연 공주에게 있어 그것은 황조답지 않은 일이었다.

"그는 어차피 죽을 수밖에 없었다. 문제될 것 없지. 이것은 나의 존재를 알아낸 이에 대한 예의일 뿐이다."

유건극은 황조의 존재를 알아냈다.

스스로 알아낸 일이다. 그리고 무수히 황조의 계획에서 벗어나기 위해 발버둥 쳤다.

유건극은 알지 모르겠으나, 그는 이미 몇 번이나 황조의 계획을 벗어난 바 있었다.

백마신궁, 사천성, 독시궁.

황조가 원하던 것은 그들의 멸문이 아니었다. 그저 그들의 힘을 줄이고 정사마의 균형과 지속적인 대립을 원했을 뿐이다.

그것을 틀어버린 것이 유건극이다.

유건극은 무림맹 전체를 거는 도박을 했다.

자칫 무림 자체가 회생 불가능이 될지도 모르는 도박이었기에, 황조는 물러설 수밖에 없었다.

그 도박으로 백마신궁과 사천성. 그리고 독시궁이 사라졌다.

그리고.

"그는 마지막까지 나의 계획을 틀어버렸지."

모두가 보는 앞에서 단호영의 손에 죽었어야 할 유건극은 스스로 목숨을 끊었다.

얼굴 한번 보아주는 예의는 필요했다.

별다른 감정이 있어서 그런 것은 아니다.

지금껏 그래 왔다.

천마도, 달마도 마지막 순간에는 얼굴을 마주했었다.

"이제 남은 변수는 송현이다."

황조는 말했다.

그 말에 소연 공주의 눈이 크게 치켜떠졌다.

"송 악사는 무림을······."

"혈천패를 죽일 능력이 있었지."

"······."

송현은 이미 무림을 떠났으니 변수가 될 수 없다고 주장하려던 소연 공주는 황조의 그 말에 입을 다물 수밖에 없었다.

"황궁으로 불러들여라."

"직접······. 보시겠단 말씀이시옵니까?"

소연 공주가 놀라서 물었다.

"그가 변수가 될 것이라면."

*　　　　*　　　　*

무림맹주 유건극이 죽었다.

모두가 보는 앞에서 스스로 목숨을 끊었다.

그 여파는 상당했다.

구심점을 잃은 무림맹을 지탱하는 사람은 사마중걸이었다. 하지만, 사마중걸의 역량에는 한계가 있었다.

아니, 처음부터 계획된 속임수였다.

그때 그 자리에 있었던 무림맹의 무사들 중 사마중걸이 유건극을 배신하는 모습을 목격한 사람은 없었으니까.

아니, 있다.

천권호무대의 다섯.

하지만.

그날 이후 천권호무대의 모습은 사라져 버렸다.

여하튼 이미 재천회의 사람이나 다름없는 사마중걸이 이끄는 무림맹이 재천회를 상대할 수 있을 리 만무했다.

무림맹은 연패를 거듭했다.

간신히 재천회가 호북으로 내려오는 것만은 저지했으나, 그것 또한 바람 앞에 촛불이나 다름없었다.

결국, 시간문제다.

그리고.

"……."

송현은 그 모든 소식을 바람을 통해 전해 듣고 있었다.

"어디에 있는지 알기라도 하면 좋을 텐데……."

불어오는 바람에도 천권호무대의 소식은 들려오지 않는다.

재천회에서 천권호무대의 흔적을 찾는데 혈안이라는 소식만 들려올 뿐이다.

　날이 갈수록 상황은 안 좋게만 흘러간다.

　걱정되었다.

　하지만 망설였다.

　"지키려거든, 바꾸려거든 똥물을 뒤집어쓰고 진창에서 발버둥치게나."

　망설임이 계속될수록 유건극의 목소리는 망령처럼 귓가를 떠돌았다.

　이번에 다시 무림의 일에 관여하게 된다면 그땐 정말 무림을 떠날 수 없을 것만 같았다.

　"아무것도 묻히지 않고, 변하지 않고 지킬 수 있는 세상이었다면, 애초에 창칼은 생겨나지도 않았을 것이네."

　하지만.

　그렇게 해서는 유서린도, 천권호무대도 지킬 수 없다.

　복수마저 포기하고 돌아선 것은 그들을 지킬 사람이 유건극뿐이라 믿었기 때문이다.

　하지만 유건극은 없다.

　복잡한 마음에 송현은 거문고를 무릎 위에 올려놓았다.

마음을 정리하기 위해서다.

아니, 어쩌면 도피하기 위해서일지도 모른다.

금방이라도 부서질 듯 위태로운 거문고에 술대를 가져다 댄다.

술대를 움직인다.

팅!

하지만 이제 거문고는 송현에게 단 한 음도 연주하는 것을 허락하지 않았다.

거문고가 담기에는 송현의 마음은 너무나 크고, 걱정과 갈등은 너무나 깊기만 했다.

"후……."

송현은 한숨을 내쉬었다.

'악기도 없이……. 내가 할 수 있을까?'

만약 '그'라는 존재와 마주하게 된다면 악기도 없이 그를 상대할 수 있을까.

'무리야.'

송현은 고개를 저었다.

혈천패의 몸에 묻은 이야기로 엿본 '그'는 그 혈천패조차 감히 올려다볼 수도 없는 존재였다.

그는 강하고 또한 절대적이다.

악기도 없이 그를 상대한다는 것은 검사가 검 없이 적장을 마주한 것이나 다름이 없었다.

송현은 자리에서 일어났다.

"궁으로 가야겠어."
궁에는 신선의 악기가 있다.
초야악선.
송현의 할아버지가 쓰던 악기가 바로 그곳에 있다.

『악공무림』 7권에 계속…

황금사과의 창작공간
http://cafe.naver.com/ goldapple2010.cafe

천예무황

원생 新무협 판타지 소설

FANTASTIC ORIENTAL HEROES

天藝武皇

진짜배기 무협의 향기가 온다!

『천예무황』

산중에서 평화로이 살던 의원 설운.
평범하게만 보이는 그에게는 씻을 수 없는
과거가 있었으니……

칠 년의 세월을 지나
피할 수 없는 과거의 업(業)이 다시 찾아온다.

'잊지 마오.
세상 모든 사람이 다 그대를 잊은 그때에도
나는 그대를 기억하고 있음을.'

정(正)과 마(魔)의 갈림길.
무림을 덮은 혈풍 속에서 선(善)의 길을 걷다!

Book Publishing CHUNGEORAM

유행이 아닌 자유추구 -
WWW.chungeoram.com

말년병장, 이등병 되다!

에바트리체 장편 소설

FUSION FANTASTIC STORY

대한민국 남자라면 알고 있을 바로 그 이야기!

『말년병장, 이등병 되다!』

전역을 코앞에 둔 말년병장, 이도훈.
꼬장의 신이라 불리던 그가 갑자기 훈련병이 되었다?!

"…이런 X같은 곳이 다 있나!"

**전우애 넘치는 군인들의
좌충우돌 리얼 군대 이야기!**

Book Publishing CHUNGEORAM

LORD

FANTASY FRONTIER SPIRIT

RAY SHADE

영주 레이샤드

한승현 판타지 장편소설

저주받은 영지 아베론의 영주 레이샤드.
열다섯 번째 생일날,
정체불명의 열쇠가 그의 운명을 바꾸었다!

『영주 레이샤드』

시험의 궁을 여는 자, 원하는 것을 얻으리니!
시련을 극복하고 새로운 땅의 주인이 되어라!

레이샤드의 일대기가 시작된다!

Book Publishing CHUNGEORAM

유행이 아닌 자유추구 -
WWW.chungeoram.com

FANATICISM HUNTER

광신사냥꾼

류승현 판타지 장편 소설

FANTASY FRONTIER SPIRIT

「블레이드 마스터」의 류승현 작가가 펼쳐내는
판타지의 새로운 신화!

마도대전을 승리로 이끈 유리언 대륙의 영웅,
최강의 아크 메이지 제온!

그러나 '세상의 섭리'에 아내와 아이를 빼앗기는데…….

『광신사냥꾼』

만약 그것이 정말로 세상의 섭리라면,
그마저도 무너뜨리고 말리라!

복수를 위한 제온의 위대한 여정이 시작된다!

Book Publishing CHUNGEORAM

유행이 아닌 자유추구 -
WWW.chungeoram.com